小学館文庫

蘭方姫医者書き留め帳二

策謀の重奏

小笠原 京

小学館

目次

第一章　火傷の客人

一

江戸は、いつのまにか静かな長雨の季節になっていた。

今日も朝から降りみ降らずみ、春雨のような細い糸が下りてくる。

前長崎奉行《さきのながさきぶぎょう》黒川与兵衛正直《くろかわよへえまさなお》の娘花世《はなよ》が、虎の御門に近い備前町《びぜんちょう》に、外目《そとめ》には町屋《まちや》だが、武家風に奥と表の別のある、二、三百石の旗本ほどの屋敷を建てて、蘭方《らんぽう》外科医柳庵《りゅうあん》を開いてから、早いもので三年余りの歳月が経つ。

いまはすっかり慣れたが、はじめは夜も明けぬうちに、お役付の武士の登城《とじょう》のざわめきが虎の御門の方から聞こえてくるので、とんでもなく早くに目覚めてしまった。お役方によっては、七つが登城のきまりとか、馬廻りやお供の御家来衆は、丑《うし》の刻からお支度を調えているのだという。

このところはそのざわめきも、雨に吸い取られたようにしっとりとなって、あまり気にならない。

屋敷を建てたとき、奥の居間の庭に植えた若木の梅に、今年初めてちいさい実がついて、ぽとりぽとりと落ち始めている。

梅の花の香り高いころに、花世は、江戸騒乱の大事ともなるべき事件の因《もと》を、父与兵衛への深い思い入れを秘め、お上《かみ》の力を借りず、自身の命を賭けて終息させた。

花世にはむろんのこと、幼いころから身近に仕えてきた奉公人にとっても、この時ほど危うい瀬を渡ったことはない。だがそののちの柳庵は、三年前から変わることなく、朝早くから花世がお客と呼ぶ患者が詰めかける、忙しいがおだやかな日々がすぎている。

変わったことといえば、その騒ぎゆえに柳庵で預かることになった、おかよという幼い娘に、奉公人たちがきりきり舞いさせられていることくらいだろう。

花世は、江戸に家族を残して赴任する幕府役人の常として、丸山の廓《くるわ》に通った父正直の敵方《あいかた》、花垣太夫《はながきだゆう》が産んだ娘である。父親が奉行を免ぜられたのち、ひとり長崎に残って、小太刀の師田能村《たのむら》城右衛門の庇護のもと、三年にわたって出島の阿蘭陀《おらんだ》商館付きの外科医ダニエル・ブシュに蘭方外科を学んだ。

長崎奉行の勢威は、江戸では想像もつかない。お役料四千四百俵からして、江戸町奉行のお役高を越えているのだ。奉行には、一朝事あるときは上様の御裁可なしに、西国一帯の大名に出兵を命じる権限がある。花世に仕えるお時や吉蔵が、蘭方外科として町方で暮らし始めたいまもなお、ひいさまと呼んでいるのは、西国の将軍といわれる、五千石の大身《たいしん》の奉行の息女として育ったからである。

父与兵衛の身体《からだ》が弱ったからと江戸に呼ばれた花世は、十五年の歳月をひたすら長崎と公儀のために生きた父のかたわらですごし、その思いもかけぬ深い苦悩を察するようになった。没後に、異母兄が当主となった屋敷を出て、一介の町医暮らしを始めたのは、父への思いが胸うちに輻輳《ふくそう》していたからかもしれない。

六つ前から詰めかけるお客への応対がすっかり片付くのは、いつも八つをまわる。去年の春から花世について外科の修業を始めた五郎三郎《ごろさぶろう》という若者がいるが、新しいお客はかならず花世自身で診《み》ることにしている。今日のような日は、足もとが悪いのであまり客の数は多くはないのだが、それでも新しいお客が何人か来たので、時間がかかった。

蘭方は、切支丹《きりしたん》とはいっさいかかわりないという立場で交易を望んだ、いわゆる紅毛人、つまり阿蘭陀の外科医から学んでいるので、南蛮《なんばん》とは違うのだが、きびしい切支丹禁令が発せられている昨今、町の人々にとって、蘭方医の門をくぐるのはかなり勇気が要る。大方が何軒もの外科医を経巡ってから来るので、どうしても治癒に時がかかるのが蘭方医の泣き所なのだ。

今日も転んで怪我をした傷口が膿《う》んで、高い熱が出た男の子が、ぐったりして母親に抱かれてきた。怪我がもとの熱とは思わなかったから、近くの外科に傷の手当だけしてもらっていたが、三日も前から熱があったのだという。昨日になって、自分の手には負えないから、蘭方医者にでも行けと言われたのだと、まだ若い母親はおろおろ声になっていた。

傷と大熱となれば、まず破傷風《はしょうふう》を疑わなければならない。傷口から菌が入り、全身にまわる恐ろしい病《やまい》で、この菌に侵されると、まず命は助からない。蘭方でも治せるとは限らない。花世の母花垣太夫は、足の裏の踏み抜きがもとの破傷風で死んだと聞かされている。遊女でも最高位の太夫職は、真冬も素足を見栄としているから、そういうことも起こりやすかったのだろう。

さいわいなことに、子どもはこの病の顕著な初期の症状の、口が開けないということがなかった。

「傷が治れば、自然と熱も下がりますよ。二、三日、辛抱《しんぼう》して下さい」

だが、常の傷のための薬ではもう間に合わない。

「ちょっと痛みますが、我慢させて下さいよ」と母親に声をかけ、温めた焼酎を晒《さらし》に含ませ、傷口を洗った。染《し》みるとみえ、大声で泣きわめいたが、母親に五郎三郎も加わってなだめ、手早く終える。そのあとに、熱を引かせるテレメンティナ（樅《もみ》）、痛み止めのアネティネ（あひる）、清涼剤ともなるナアカラ（丁子《ちょうじ》）、さらに通常傷の恢《かい》復《ふく》に効のあるカモメリ（野菊）それぞれの油を混ぜ合わせて傷口に塗った。解熱の煎《せん》薬《やく》は、子どもゆえあまり強くない和漢の処方を使って、砂糖を一さじ入れ、ちょっと母親に味わせてから、むせないように少しずつ飲ませるように言う。甘い飲み物に、子どもの機嫌が少し直って、こんどは母親が涙を流している。

明日《あした》もかならず来て下さいよ、そうすれば目に見えてよくなります、薬礼の心配はいっさいいりません、いつでもいいから、おあしの入ったとき、気持ちだけ持ってきて下さい、といつものように言う。母親は、何度も何度も頭を下げて、帰っていった。

二

奥に戻ったのは、やはり八つを過ぎていた。

お時の給仕で小昼《こびる》をすませたあと、出歩きが不自由なお年寄りや動けない患者の家を訪れることもある。膏薬《こうやく》の貼り替えだけだったら五郎三郎ひとりで済むこともあるので、そんなときは医学書を読んだり、裏庭の平屋の蔵造りの中にしつらえた小さい道場で、吉蔵相手に小太刀のけいこをしたりもする。

今日は、伺わねばならぬところはどちらもございません、と食後の茶を持ってきた五郎三郎が言う。五郎三郎は、薬を煎《せん》じるのと同じに、茶を煎《い》れるのが上手で、花世が食後に味わう茶は、たいてい五郎三郎が煎れて、ころを見計らってもって来る。

ゆっくりと茶を喫しながら、おかよはどうしているえ、とお時に尋ねる。

「このところ雨で外へ出られませんので、一日中台所で遊びまわっておりますから、仕事がはかどらないと、みな往生しておりますよ」と笑う。

天気がよければ、おかよの相手に新しく雇い入れた梅や下働きのお兼がついて、以前二親《ふたおや》と暮らしていた兼房《かねふさ》町の幸兵衛長屋へ遊びに行くのだ。

おかよの住んでいた跡に入った、今村という牢人の後家の老女が、甘いお菓子が食べたいと言ったとかで、おかよは、特別な時のおやつにもらう南蛮菓子のこんぺいとうをためておいて、今村のおばあちゃんに持って行ってやっている。

おばあちゃんは、それを長屋の女子どもに一粒ずつでも分けてやるので、おかよは、以前住んでいたころよりも、幸兵衛長屋で人気があるのだそうだ。

小女《こおんな》のお菊が、浜松屋さんの手代《てだい》さんが見えましたが……と声をかけてきた。

ご隠居さまのお呼びかえ、と花世が笑う。
二、三日前に、五郎三郎どんが伺ったばかりですのに、とお時が言うと、いえ、なんですか、お届けものを、と言っておいでですが、と菊が答える。
浜松屋は日本橋本町に店を持つ、江戸で一、二といわれる呉服太物《ふともの》屋で、二年ほど前、どこの外科医にかかってもはかばかしくなかった隠居の足腰の痛みが、柳庵の貼り薬ですっかり遠のいたというので、月に一度は出向いているのだ。

柳庵の貼り薬は、老中稲葉美濃守《みののかみ》が長年悩まされていた筋痛が快癒したという評判の薬で、出島蘭方の祖ともいうべきシャムベルゲルの処方である。ロウリイニ（つついの実）、カリヨヒロウルン（丁字）、ホッス（狐）、カモメリ（野菊）の油を混ぜ合わせて温め、黒つつみの油をぬった布に伸ばして貼るだけで、だれが貼っても同じなのだが、嫁だと一向痛みがおさまらないとやら、花世が少し顔を出さないと、手代が呼びに来る。

「ひいさま、たいへんでございますよ」

畳紙《たとう》包みを抱えた菊と一緒に戻ってきたお時が言う。

おまえの大変は慣れっこになっているから、驚かないよ、と花世は動じない。

お時は、先だっての小袖が仕立て上がって参りましたので、と手代さんが申してありましたよ、と小首をかしげながら畳紙包みを開いた。

そういえば長雨に入る前、足腰が特別に痛むといって迎えをよこした隠居を見舞いに、浜松屋に行ったとき、太物を見せられて、仕立て上がったら歌舞妓《かぶき》芝居を観に堺町に、と言われたことを思い出した。

包みから出した小袖を衣桁《いこう》に掛け、お時が、まあ、なんと……と、座り込んで感嘆している。

薄水色の地に香色《こういろ》の濃淡で洲浜《すはま》を描き、そのところどころに露草色の細松を添えた文様が、仕立て上がると一段と映えて、たいそう高雅な趣きである。松よりは濃い目の露草色の細帯も添えてあった。

「お見事でございますねえ、さすが浜松屋さんのお見立てでございます、ひいさまがこの小袖を召して堺町の桟敷《さじき》にお出になったら、まあ、見物は舞台は見ないで、ひいさまばかり見ることでございましょうよ」

「なにを愚かしいことを言っているのだえ、わたしが堺町になど、行くはずがないではないか。どっちにしても、このような高価なお品を、いただくわけにはいかないから、あとで番頭さんに言って、お帳面を作ってお貰《もら》い」

花世が言ったところへ、ばたばたと廊下を駆ける足音がして、花世さま、というお菊の声がした。

「なんだねえ、奥を走ったりして。柳庵は奉公人にどんな躾《しつけ》をしているのだと、ひとさまに笑われるよ」

お時が、いつも花世に言われているような文句を言う。

「いえ、それが……」

お菊が出ばなをくじかれ、あとが続かなくなった。襖《ふすま》を開けてちゃんとお話し、とお時が重ねてたしなめる。

「あの、ご町内の、村松さまが……」

どうかなさったのかえ、と花世が訊《き》く。

「お怪我をなさって、それで死ぬとおっしゃっていると……」

聞いた花世がすぐさま立ち上がった。

「どんなお怪我をなさったのだ」

「いえ、お怪我はたいしたことはないのに、死ぬとおっしゃるので、止めてほしいと言われて、吉蔵さんがとりあえず、走って行きました――」

お菊がしどろもどろに言う。

「吉蔵が走ったのなら、放ってはおけない。菊、五郎三郎に、薬箱をもってあとから来るようにお言い。お時、村松の旦那さまは、おまえとお話が合うと言っていたね、ついてきておくれ」

花世は居間からそのまま庭に下り、木戸口を開けて、足早に東に向かった。

村松又左衛門は、名字を許された銀細工師で、刀剣の鍔《つば》や象嵌《ぞうがん》を手がけて天下一の名をとっている。店は柳庵からすぐのところだが、表口に向かうより、居間の中庭の木戸口から出たほうが早い。

店の前に、後継ぎの又一郎の嫁が立って、おろおろこちらを見ていた。花世の姿を見つけると、深々と腰を折った。

「いかがなさったのです」

花世が問いかけると、とにもかくにも、と店うちに招じあげ、奥へ案内しながら、口早にことの顚末《てんまつ》を語った。

又左衛門が、仕事中に、組んだ足のすねに細工刀を取り落とし、傷を負った。傷そのものはたいしたことはなさそうだったが、職人が仕事中に不調法を仕出かした、弟子どもの手前生き恥はさらされぬ、と、その刀で喉を突こうとしたのだという。

それはまた……と、お時が絶句した。

駆けつけた吉蔵が、力ずくで刀を取り上げて、奥に連れ込み、後継ぎと女房とでなだめているが、だいたいが一国者《いっこくもの》で言い出したらあとへ引かないので、女房子どもの言に従うはおろか、ますます言いつのって手に負えない。刀を取られたので、今度は、嚮後《きょうこう》一切仕事はせぬ、今日を限りに隠居する、と言い張っているというのだ。

聞いていた花世がお時を見返って、お前を連れてきてよかったよ、とにっこりした。

嫁が、ごめんなされませ、柳庵さまが……と言いながら襖を開けると、仕事着の胸をはだけた又左衛門が、座り込んで宙をにらみ据えていた。

花世が座敷に入ると、お時が花世をすり抜けて又左衛門に近寄った。

「まあ、旦那さま、このところ空模様のせいか、道筋でもお目に掛かりませんでしたが、お怪我なさったので、ひいさまのお手当をというお話で参上いたしました。いかがでいらっしゃいます」

後ろを振り返って、五郎どん、と呼びかける。薬箱を持った五郎三郎が、襖の外で膝をついたところだった。

「拝見いたしますよ」

花世が又左衛門に声をかける。入ってきた五郎三郎は、二寸ほど切り裂かれた袴《はかま》をそっとずらし、ふくらはぎを露わにした。

「少し、切れておりますね」

薬箱から焼酎を染ませた晒の布を取り出し、さっと傷を洗う。

「お痛みですか」

又左衛門は、染みるのか、苦虫嚙み潰したような顔で首を横に振った。

五郎三郎が、瓶から布に油薬を染ませて花世に手渡す。念入りに薬を傷口に塗り、その間に五郎三郎が用意していた包帯を軽く巻いて、

「はい、終わりました」とにっこりとした。

又左衛門が、思わず、お手数で――、と言った。

「切れのいい刃物のお傷は、すぐにつきます。なんのご心配もありませんよ」

後ろで控えていた女房と後継ぎの又一郎が、ほっと肩をゆるめる。

花世が座敷に入ってから、文字通り煙草《たばこ》一服ほどの時しか経っていない。

そのときお時がふと、床《とこ》に飾られている一尺ほどの白銀《しろがね》の壺を見た。一面に細やかに唐草が彫り込まれ、ところどころに凝った意匠の梅型の文様が浮き立っている。自作とみえるが、居間に置いているところを見ると、自信作なのだろう。

「まあ、旦那さま、お見事なお作で……。これはなんという文様でございます」

「わたしどもでは、蛮絵《ばんえ》と言っておりますが——」

又左衛門がしぶしぶ答える。

「蛮絵とおっしゃいますと、あの、南蛮の文様で——」

「なに、南蛮とは限りませんが、象嵌という細工は、奈良の大仏ができたころからわが国に伝わっていますのでな、そのころの文様だと先代から聞いています」

仕事の話となると、つい口もゆるんでしまうようだ。

ご立派なものでございますねえ、としきりに感心していたお時が、ひょいと手を打って、後継ぎを振り返った。

「又一郎さまに、折り入ってお願いがございますが……」

後継ぎが、なんなりと、と膝を進める。

「実は、近々ひいさまが堺町に御見物にお出かけになるのですが、ご承知の通り柳庵はつましく暮らしておりまして、そのような晴れやかな場においでになることもおありになりませんので、お髪《ぐし》飾りのお一つもお持ちではありません」

花世は呆気《あつけ》にとられた。又一郎も、相づちも打ちかねているようだ。

「こんなことでは、お輿《こし》入れのお話がありましても、おそばのものはなにをしている、なんと気の届かないと、お叱りを受けましょうにと、常々気に病んでおりました」

とんでもないことを言い出した。

「そこで、申し兼ねますが、ひいさまに、このような蛮絵文のお髪飾りを一つ、お作り願えませんでしょうか。お江戸一の村松さまのお品なら、さすがとみなさまがお思いになりましょう」

後継ぎが、承知いたしました……と言いかけると又左衛門が、はだけた胸もとを調え、

「これはまた、名誉なことでございます、ぜひに作らせていただきます」と膝を乗り出した。

花世は驚いて、なにを言うのだえ、お時、このような時にご無礼ではないか、それに第一、わたしは堺町になど……と、言いかけると、またお時がはたと手を打った。

「大変でございますよ、ひいさま、浜松屋さんの番頭さんをお待たせしてありますのを忘れかけておりました、ご治療がおすみでしたらすぐにお戻りにならないと」

腰を浮かして、どうかよろしくお願い申します、と又左衛門に言うと、さ、ひいさま、とうながす。

花世も、それではお大事に、ご心配はまったくありませんが、念のため明日も、五郎三郎を伺わせます、と言って、立ち上がった。

三

後継ぎが店の外まで送って出て、深々と頭をさげる。

柳庵の前まで戻ると、花世は、

「まあ、よい汗をかいたよ、ほんとうにおまえはなにを思いつくかわからないねえ」

と額に手をあてた。

「わたくしも冷汗が出ました。あと一息というところで、ひいさまが我《が》をお張りになったら、なにもかもこわれてしまうと思いまして、少しでも早くお暇《いとま》するために、浜松屋さんにお待ちいただきましたので」

「浜松屋さんから見えたのは、手代ではなかったのかえ。それに、もうとっくに帰ったろうに」

「手代の身分では、待つのも仕事のうちでございます、あのように使わせていただくには、せめて番頭さんでないと、先《さき》さまに失礼にあたります」

おまえにはかなわないよ、とため息まじりに花世が言う。ひいさま六つのお歳《とし》から、お仕えしております、とお時はいつものせりふを口にして、満足そうである。

表口に入ろうとして、花世がふと兼房町の方を見た。つられてお時も振り返る。木戸口のあたりを、下士《かし》を三人伴った侍が、向こうへ歩いていく。

「お身知りのお武家さまで」

お時が訊く。花世は、軽く首を横に振って
「そう思ったが、見間違いだろう」

言い捨てて玄関に向かった。

あとに従うお時が、

「さようでございますか。ひいさまはことのほか遠目がお利きになりますのに」と言って、あとは口の中で「お時の目も、ごまかしは見通します」と言っている。

奥の居間に落ち着くと、

「なににしても村松の旦那さまが落ち着かれてよかった。もう隠居するともおっしゃらないだろうよ。わたしは汗をかかされたが、いまのはお前のお手柄だった。浜松屋の番頭もとんだところで役に立って、さぞ喜んでいることだろうよ」

「人間ともうしますものは、どこでだれの役に立つか、また迷惑を掛けるか、わからないものでございます」

お時が、もっともらしい顔で言う。

「それにしても、細工中に道具を取り落としただけで、命を捨てようとなさるなど、さすが当代切っての名人でございますねえ。こう申してはなんでございますが、近ごろお武家さまにもあまり見ないような気がいたします」

「いまの武士なら、切り合いの最中に刀を取り落としたとしても、それを恥としてその場で切腹するようなことはないだろうね。そのような武士道は、大坂両陣のころまでなのかもしれない」

「これからの世の中は、変わりますのでしょうねえ」

お時が、めずらしく嘆息した。

「乱世では武士は、戦場で功を立てることで出世したが、いまは先祖の勲功だけで禄《ろく》をいただいている。けれど徳川の御代《みよ》も四代を重ねてくると、江戸開府のころの武士の生き方が、自然と町人に染み込んできているのだろうね。職人は自分の腕一本の技で、名字帯刀を許されたり守号《かみ》を名乗ったりできるのだから、戦場での武功のようなものだ。だから職人は誇り高い。村松さまのようなお人が出るのだろう」

「商人《あきんど》はまた別でございましょうね」

花世は、衣桁の小袖を見上げた。

「相対している国の双方に物を売って、利を得るのが商人道だそうだ。そのためにどんな策でも用いるのだというよ」

「そんなふうだから、諸民の末におかれるのでございましょう」

お時が、穿《うが》ったことを言う。

「だが昨今では、武士も先祖の功を嵩《かさ》に着るだけでは満足せず、なんとかしてもっといいお役につこうと商人並みに策を弄するのが、武士道になってしまったようだ」

花世も、嘆息した。

「父上のおそばにいる間は、そんなことは思いも寄らなかった……」

長崎奉行の役得は、莫大だと言われる。日本との交易を望んで、唯一の窓口長崎に来航する異国人は、競って最高権力者に珍奇な品々を献上する。奉行はそれらを出入りの商人に売って得た利を、より上位の役を獲るための賂《まいない》に使うのだという。だから長崎奉行を望む旗本は、たいそう多いのだそうだ。

「殿さまは、十五年の間、真に清廉潔白を通されました……」

お時が、しみじみと言う。

花世も、父黒川与兵衛が受け取った献上の品など、見たことがない。持参した紅毛人(阿蘭陀人)が、国王から言付《ことづ》かったなどと言い張るときは、儀礼上一応は受け取って、のちその場にいた者に下賜《かし》したと聞いている。

与兵衛のあとの長崎奉行は、大方は二、三年で帰府し、勘定頭や江戸町奉行など、幕府の顕官《けんかん》に任じられている。病ゆえという理由で罷免《ひめん》された与兵衛は、家禄《かろく》五百石の目付に戻ったが、かつての同役は、お役料ともで四、五千石という、長崎時代と同じ高禄を食《は》む幕閣の一員なのだ。

吉蔵がやってきて、衣桁にかかっている小袖を、眩《まぶ》しそうに見上げた。

柳庵は、奥と表の別のある武家風の造りになっているが、武家では奥向きには主《あるじ》をのぞいて決して入らない。だが、ここでは、声をかけるだけで、五郎三郎はむろん、吉蔵も助蔵も入ってくる。

「見事なお召し物だろう。浜松屋さんのお見立てだよ」

お時が、自分のことのように鼻をうごめかす。

「浜松屋のご隠居さまが、ぜひにこの小袖を召して堺町に歌舞妓を観におでまし下さい、いつでも桟敷をお取りしてお供いたします、と言うのだよ」

浜松屋……、と吉蔵が口の中で言った。

「で、お出かけになるので」

花世は、とんでもないよ、と首を横に振った。

「わたしがそんなところへ出向くはずがないではないか。けれどお返しするのはご無礼だから、帳面を作って、五郎三郎に仕切ってもらうつもりだよ」

「それがようございましょう。堺町はお止め下さい」

吉蔵にしてはめずらしく、内方《うちかた》のことに口を入れる。

「なんだねえ吉蔵どん、せっかくのひいさまのお楽しみに水を差すようなことを」

お時の機嫌が少し悪くなった。

「お時どんとしたことが、この文様を見て、なにも感じないのかね」

なにも、って……、とお時はふくれ面になったが、それでももう一度衣桁を見上げ、たいそうお品のよい、夏らしい文様ではないか、と言う。

「ひいさまがこれを召して、浜松屋といっしょの桟敷にお出になったら、口の悪い平《ひら》土間《どま》の見物がなんと言うか。恥をおかきになるのは、ひいさまではないか」

あっ、とお時が大声を上げた。

座をとびすさって、畳に頭をすりつける。

「も、申しわけもございません。吉蔵どんの申す通りでございます。とんでもないことを……」

涙声になっている。

そういえば、と花世もあらためて衣桁に目を向け、

「わたしもまるで気づかなかったが、どっちにしても堺町に行く気などまったくないから、心配には及ばないよ」

花世が穏やかになだめるが、お時は、顔を上げようとしない。

浜に松なら、だれが見ても浜松屋を思い出すだろうに、気がつかなかったわたしが悪い、と花世が重ねて言う。

洲浜に松は、よくある文様だが、浜松屋という屋号の主《あるじ》が、この文様の小袖をまとった美しい女性とともに桟敷に出れば、お時ではないが、見物は舞台そっちのけで、桟敷を見上げるにちがいない。

「商人というのは、たいそうなものだねえ」

花世は、また嘆息した。

「これからの世は、商人が天下を握るかもしれない」

ようよう顔を上げたお時が、しおしおと、すぐにお返しもうして参ります、と言う。

「返したりしたら角が立つ。なんとかよい方法はないかねえ」

するとお時が、そこはまあ、おまかせ下さいまし、と胸をたたいて、急に威勢がよくなった。

まあ、いいだろう、どっちにしろ、おまえはわたしより歳が多いのだからね、と花世が笑う。

「あやうくひいさまを、浜松屋の看板におさせするところでございました。今後とも、身を引き締めてお仕えいたします」

そう固いことを言わなくとも――と笑ったとき、

「急なお客が……」と助蔵の声がした。

花世はすばやく立ち上がった。

「お時、台所で湯を、吉蔵、一緒にきておくれ」

二人に声をかけると、もう廊下に出ていた。

四

「どんなようすだえ」

渡り廊下を早足で表方に向かいながら、助蔵に問いかける。

「右の腕全体のひどい火傷《やけど》で――」

「火傷……」

花世の声が曇った。

柳庵に限らず、火傷で外科の門を叩く患者は、おおかたは予後がよくない。普通の火傷なら、家にある菜種油をつけるだけで我慢してしまうのだ。せいぜいが油のないとき大家の台所へ駆け込むくらいで、高い薬礼を支払って医者に診てもらうまでもない。だから外科にかかろうと思うほどの火傷は、手をつくしても及ばず、いけなくなることが多い。

それに蘭方でも、火傷の処方は和漢とあまり変わらない。顕著な効のある治療法はないので、花世にとっては気の重い客ということになる。

表方の座敷の一つは、急な怪我人や動かせない客のための病間になっている。花世が入ると、すでに油紙が敷かれ、若い男が左を下に横たえられていた。

五郎三郎が、着物の袖を手早く切り裂いている。無残なほどに赤く爛《ただ》れた腕が露わにされた。

「これは……」

花世も、さすがに一瞬ひるんだ。だがすぐ、

「お時、冷たい水を」と言いつける。

はいと答えて、お時が台所に走る。すぐにお兼が、水を張った盥《たらい》を運び込んだ。その間に五郎三郎が、切り分けた晒《さらし》を取り出し、水に浸す。

「ぬるまないよう、絶えず汲みたての水を運んでおくれ」

お時が同じような盥を運んできた。五郎三郎が、次々に布を替えて、男の腕を冷やし続ける。

男は絶えず呻《うめ》き声を上げているが、痛いとも熱いとも一言も言わない。

「メンテを」

五郎三郎が、乾燥した薄荷《はっか》の細い束を男の口に近づけ、

「嚙みしめていて下さい、少し痛みが遠のきます」と言って口を開けさせた。

菊が別の盥を運んできて、ぬるんだ水のものと取り替える。五郎三郎の脇から、お時も水に浸した晒で男の腕をくるむ。

手首から先は一面火ぶくれで、そこここで皮が剝《む》けている。

「指先に気をお付け、かならず指を一本ずつ離してくるむのだよ」

花世が声をかける。五郎三郎は、腕を冷やすのをお時にまかせ、指を一本一本、慎重な手つきで晒にくるみ、冷やしはじめた。

お兼とお菊が盥を持ち込み、六助が台所口に控えて受け渡ししている。

どのくらい経ったか、男の呻き声が少し間遠になった。

「痛みが引いてきましたか。大丈夫です、もう少しの辛抱です」

　火傷には、なるべく早く油薬を塗るのが、大方の医者の治療法だが、花世は、出島商館で、あやまって焚き火に踏み込んでしまった阿蘭陀人従者の足を、ブシュが冷やしに冷やして苦痛を和らげたのをみた。なによりもまず、患者の苦痛を取ることが医家の使命なのだと、その時から深く心に留めているのだ。

　男の顔が和らいできたのをみて、花世が、井上さまのお薬を、と五郎三郎に言いつける。

　井上さまとは、島原の乱鎮圧に大功のあった大目付井上筑後守政重《ちくごのかみまさしげ》で、その後西国経営に力を入れ、異国の産物に強い好奇心を抱いて、蘭方にも並みならぬ関心を寄せた。与兵衛は、筑後守の求めに応じて、蘭方の薬草名や処方を書き上げ、度々江戸に送っている。

　その筑後守が、火傷の予後が思わしくなく、長く苦しんでいたのを、商館医シャムベルゲルの処方で軽減したというので、柳庵では火傷の処方を井上さまの薬と呼びならわしているのだ。

　蘭漢和三方とも、動物や鳥類の脂を焼酎や蜂蜜で溶き、温めて塗布する。だがこれら動物系の脂は冷めるとすぐに固まるので、油膜の持つ効果を続けるには、絶えず温めなければならない。

そこで花世は、初期の治療に常温では固まらない植物性の油を用いることにしている。木の油には傷を癒し痛みを止める効があるが、蘭方では樹木の油をペキ（瀝青《れきせい》）と称して、さまざまの療法に用いる。特に腫れ物の膿《うみ》を出すのに特効があるとされるが、火傷にも、温めた焼酎に蜂蜜を加えた瀝青膏を用いることがある。患部をまず温めた焼酎で蒸すのがいいという医者もいるのだ。温めればたしかにある程度痛みは引くが、花世はまず徹底して冷やす。患部の熱が引いたところではじめて人肌に温めた軟膏を塗布する。

杉の油は腫れを除き、松の油は皮膚の恢復《かいふく》を促し、檜《ひのき》の油は悪性の瘡《かさ》の痛みに効がある。松や杉、檜などは楽に手に入るので、火を用いてうまく油を採る法を懇意の薬種問屋に伝授し、絶やさないようにしている。

だから柳庵の井上さまの軟膏は、蜂蜜と焼酎で溶くのは同じだが、主剤が動物植物二種あるのだ。さらに痛み止めのイヘリコン（弟切草《おとぎりそう》）油と炎症を取るカモメリ油を加えてある。今日の客人は皮膚の損傷が激しいので、まず松の油を主剤とした瀝青膏を塗布した。そのあとは、しばらくそのままようすを見る。痛みがあまりに激しければ、麻痺剤の阿芙蓉《あふよう》の煎薬をごく微量口に含ませるが、男は黙って苦痛に耐えているようなので、メンテに加え、乾燥したカネイラ（肉桂）の皮を噛みしめさせ、見守りに五郎三郎をおいてひとまず奥に戻った。

五

「火傷はいつまで経っても苦手だよ。命を取り留めたとて、ひどい傷が残る。金創《きんそう》の方がましかもしれない」

金創といわれる刀による怪我は、通常外科では扱わない。腕や足を一本切り落とされたり、顔を半分そぎ取られたりしている怪我人を扱う金創医は、切り合いするのと同じくらいの根性が要る。金創医は腕より肝《きも》といわれるくらいだから、当然女金創医などいはしない。花世も、時折町人同士の刃物沙汰の傷を診てはいるが、町人では腕一本切り落とされるということには至らないので、本格的な金創はまだ扱ったことはない。

「それにしても、あの客人は、どうして右腕一本に火傷を負ったりしたのでしょうねえ」とお時が言う。

「それが気になるね」と花世も言う。

「あの火傷の様子では、親方の名を聞いておいた方が無難でやしょう」と吉蔵が言った。

柳庵は、訪れた客の身分や家業をこちらからは問わないことにしている。人の命に身分や家業の違いはない、万一治療に差があると思われたらいけないと花世はいうのだ。

「六助の話だと、あの客人に肩貸して引きずってきたのは、お侍だったそうで」

侍がかえ、と花世が聞き返す。

「取次の間にしばらくいたが、いつのまにかいなくなっちまって、あとに小判が一枚、おいてあったってことで」

柳庵では、武家屋敷の表方の部分をすべて花世のいう客用に使っている。取次の間を客の待合として、隣の客間で診療をする。次の間の二間は病間、表書院は書庫に、武家なら主が非番の時に過ごす表の居間を鍵のある納戸《なんど》にして、医療器や薬戸棚をぎっしり詰めてある。昼前の客との応対が終わると、病間に寝かせてある客がない限り、表は無人になるのだ。

六助は、お兼と夫婦して住み込んでいる飯炊き男で、客がいなくなると表方の掃除にまわる。ちょうどそのころにあの客人が担ぎ込まれたのだろう。

「ご親切なお武家さまに出会えて、あの客人はほんとうに幸運だったよ。もう少し遅れていたら、手のつけられない状態になっていたろうから」

客人はだれが見ても、職人である。なにかの過ちで火傷を負い、やっとのことで柳庵に向かっている途中、見兼ねた侍が肩を貸したのかもしれない。だがそうとしたら、ゆきずりの怪我人に一両もの大金をおいていくとはまた、いまどきめずらしい。

そこへ助蔵が来て、片岡さまがお見えでございます、なんですか、すぐにお奉行所へお戻りになるとかで、ご無礼ながらお玄関で、とおっしゃっておいでですが、と言う。

なんだろうねと玄関に出ると、北町奉行所与力の片岡門之助《もんのすけ》が、式台の外に立っている。

「お呼び立ていたしましたご無礼の段、どうかご寛恕《かんじょ》賜りますよう」と深々と礼をする。

「またそのようなかたくるしいことを」と花世は笑って、「お入り下さればようございますのに」と言ったが、門之助は、いえ、こちらにて、と動く気配がない。

門之助は、父黒川与兵衛の下で、与力を勤めていた。長崎奉行の禄は千石で、多くは家禄千石の旗本が任命され、譜代の家臣から五人が与力として登用される。だが与兵衛は、五百石の目付から抜擢されたので、そのような役を勤められる譜代の侍五人はいなかった。そういう場合は、現職の配下から選任するのが慣例とかで、与兵衛にしたがって長崎に出向いていた中の一人が任地で病没し、御小人目付《おこびと》に召し出されたばかりの若い門之助が、代わりの与力として赴任したのだ。

与兵衛は、門之助が着任したすぐから、あれは手を抜くということを知らぬ若者だと愛して、常に側近くにおいていたから、幼かった花世も自然親しみを持ち、譜代同様になじんでいた。

与兵衛致仕《ちし》ののち、門之助は前職には戻らず、北の奉行所に与力として勤務することになり、いまだ独り身で、深川の組屋敷に母親と住んでいる。なにかというと柳庵を訪《おとな》い、あれこれと殿さまの思い出話をするのが楽しみのようだが、花世の知恵を借りて難事件を解決したことも一再ならずある。柳庵の方も、ちょっとした面倒事が起こっても、門之助さまのお力をと、すぐに吉蔵を走らせている。

だが今日の門之助は、いささかようすが違っていた。

「まことに勝手な申しようながら、柳庵さまにお願いの筋があって参上仕りました」

長年のなじみながら、常に主の息女に向かう態度を保ち続けている門之助ではあるが、それにしても妙にこわ張った物言いである。

「なにごとでございます」

門之助は、一呼吸した。

「さきほど、火傷を負った男が担ぎ込まれた由にございますが」

花世はびっくりした。どこで知ったのか。

「たしかに、火傷の客が参りましたが」

「その男を、しばらく柳庵さまにてお預かり願いたいとの、奉行所の意向にございます」

花世はいっそう驚いて、

「どうしてそのようなことをまた、お奉行所が……」

門之助は、頭を下げた。

「詳しくは、のちほどお話し申し上げます。どうか、お聞き届けいただけまするよう――」

「たいそうな火傷ですので、こちらに留めおいたほうがよいのではないかと思っていたところでしたから、一向にかまいませんが……」

「早速にご承引いただき、まことに、忝《かたじけな》く存じます」

門之助はまたも深々と頭を下げ、

「すぐに奉行所に戻らねばなりません。勝手ながら、これにて」

花世に重ねて問いかける余裕を与えず、くるりと背を向け、門を出てしまった。

六

花世があっけにとられて、式台に座り込んだままでいると、吉蔵が近寄ってきた。

「奇妙なお話でございますな。たった一時《いっとき》ほど前に転がり込んだばかりの客人のことを奉行所が知っていたばかりか、門之助さまを寄越されるというのは……」

さすがの吉蔵も、うなずけぬ顔つきである。

「びっくりしてしまったよ」

花世がまだ立ち上がらずに言う。

「あの客人の火傷の様子はただならない。その上、奉行所が柳庵に留めおけというのは、よほどの入り分けがあるにちがいないが……」

厄介なことにならねばようございますが、と吉蔵が口をへの字に結ぶ。

「そういえば、おまえ、さっき客人が来る前、奥に来たのは、なにか用事があったのではないかえ」

思いついて言う。

「そのことでございます」

吉蔵が、口を開きかけると、花世が、奥に戻る、その前に客人の様子をみてこよう、と立ち上がった。

男は、時折呻き声をあげているが、だいぶ落ち着いたようである。

「熱が出はしないか、よく気をつけていておくれ。ときどきメンテを替えて、カモメリ（野菊）やナアカラ（丁子）など、客人が気分がいいというものを足してみておくれ」

これらの薬草は、直接痛みを止めるものではないが、噛み締めていると口中を刺激して、痛みだけに気が集まるのを避けるという効がある。

居間に戻ると吉蔵が、

「午過《ひる》ぎ今村のご老人が、ご当主が任地で病没したと言ってきました」

「まあ、それは。長くお悪かったのかえ」

「いえ、急なことだそうで」

「お気の毒だねえ。たしか、どなたかお旗本の知行地に、ご用人としてお勤めだと聞いたようだけれど」

花世が言うと、

「二百五十石御林《おはやし》奉行の田原主殿《とのも》さまのご知行地、下野芳賀《しもつけはが》を宰領なすっておいでだったそうで。早速に息子の十次郎さんが下野に向かったと言っていました」

二百石くらいだと、江戸の屋敷と知行地の双方に用人をおくほどに譜代の家臣がいない場合もある。そのような家では、信用のおけそうな牢人を口入屋から雇い入れて面倒な知行所の差配《さはい》をまかせるという。

「お時どんが、あすは六助とお兼を手伝いにやると言っております。長屋のことだから手はあるだろうが、おかよがいつも遊ばせてもらって世話を掛けているからと」

そうしておくれと花世が言うのを聞いて、吉蔵は下がっていった。

それにしても、妙なことになった。

あの男の火傷が、右腕一本だけというのも、どうにも解《げ》せない。奉行所が柳庵から出すなとわざわざ門之助を寄越したのは、あの男の火傷を世間に知られたくないからかもしれない。とすれば、火傷の因は奉行所にあるのだろうか。

門之助の態度も不審である。常は、ここだけの話ですが、と、花世にはかなり内々のことまでも洩らすのに、逃げるように去っていってしまったのは、事情を告げてはならぬと、奉行所からよほどに固く言いつかっているからだろう。

——まあ、いい。いずれ門之助どのがみえて、ことのあらましをお聞かせくださるだろうから、それまで余計なことを考えても仕方ない。

客人の恢復だけを考えればいいのだと、花世はいつものように思いを定めて、この中読《じゅう》み返している蘭語の医学書を開いた。

書物に入り込んで思いがけなく時が過ぎたようで、お時が、お夜食でございますと入ってきた。

「お天気のせいか、もう薄暗くなりました、お灯《あか》しをまず」と、下女子《しもおなご》の菊に灯りを点《とも》させる。

給仕をしながら、今村の家の話になった。

老女の夫の代からの牢人暮らしで、孫の十次郎が、まだ前髪立ちながら書をよくするので寺子屋の師匠の手伝いをしてわずかばかり謝礼を得ているが、それだけではとても暮らせないので手内職をと思う、世話してもらえるだろうかと言ってきたのだという。

「下野の方は、譜代のご家来ではないから跡をご子息にというわけにはいかないそうで、まだ元服も済んでいないのに二親をなくして、と涙を流しておりました」

「みなでなにかよい考えを出そうから、気落ちしないよう言っておやり」

ひいさまにもお願い申し上げるから、ご安心なさいましと言っておきました、とお時が言う。

「それにしても、祖父の代から牢人というなら、ご当主は牢人の子だったわけだ。徳川の御代もここまで来ると、東照宮さまのころに予測もつかなかったことが、いろいろと出てくる。ご先代の上様は、大名のお取り潰しをたいそうたくさんなさったというから、十次郎さんのような子がこれから増えてくるだろう。戦さのないというのはなによりだが、御政道はだんだんむずかしくなるかもしれない」

そんなものでございましょうかねえ、とお時が言って、とたんに、

「御政道と申せば、浜松屋さんに伺うのを忘れておりました」と、またとんちんかんなことを言い出した。

「小袖のお断りを申しに行くはずでございました。あれこれ取り込んで伺いそびれました。明日そうそうに行って参ります」と言う。

そういえば、これからは商人の世が云々と言っていたところに、火傷の客がと、助蔵が言ってきたのだ。

まかせるよ、わたしはそういうことは一向わからない世の中知らずだから、と花世が言う。

そこへ、五郎三郎が茶をもって入ってきた。

「客人は大丈夫なのかえ」

花世が訊くと、すっかり落ち着いて、うとうとすることもありますので、助蔵さんに見張りを頼んで参りました、と帳面を差し出す。

「おまえ、あの客人の火傷をなんとみたえ」

花世が訊くと、五郎三郎は、ちょっと固くなって、

「腕は湯熱の傷、手首から先は火の傷ではないかと——」と言う。

花世はうなずいて、たしかにその通りだが、なんでまたそんな火傷を負うことになったのだろうねえと、これは自らに問うように言った。

「客人は、火傷の原因について、なにか言ったかえ」

あらためて五郎三郎に訊いた。

「いえ、なにも」と五郎三郎は言ったが、

「ですが、あの、もしかすると、あのお客人は、口が利けないのでは……」

いつものように控え目に答えた。

花世は大きくうなずいた。

「おまえもそう思ったかえ。我慢強いたちで、泣き言を言いたくないからかとも考えたが、それにしても一言も発しないので、もしやと思っていた。だが、普通は言葉は

言えなくとも、独特の音を発して自分の考えていることを表そうとするものだから、それもないのがわからないね」と言ったが、

「いまはとにかく傷の治療だ、なにごともそれからのちに考えよう。なにか気がついたら、すぐに言ってきておくれ」

五郎三郎は、承知いたしましたと言って下がった。

七

「客人は、夜半まで五郎三郎に見守らさせて、そのあと助蔵に代わらせよう、今夜のところは、急になにか起きるということもないと思うが」

お時が夜具を調えながら、夜が明けると助蔵どんも仕事がありますす、ひいさまの朝のお支度まで、わたくしがつきましょう、と言う。そこへ吉蔵の声がした。

「屋敷のまわりを、何者か見張っております。奉行所の手のもののようですが」

「もはや暮れ切っている。柳庵があの客人を外へ出すといけないから見張っているとは思えないね。屋敷に侵入する者があるかと用心しているのではないか」

「あるいは」

花世は、しばらく黙した。お時も、仕事の手を止めて花世の顔を仰ぐ。

「そうなると、客人に害を与えようとするものがいると、奉行所が考えていることになる。あの火傷も、そのためのものかもしれない」

「どうも、あんまりうれしいことでもねえようで」

吉蔵が渋い顔をする。

「しかし、奉行所が見張っているのなら、これ以上のことはないだろう」

吉蔵は、いや、と首を横に振った。

「奉行所がなにを考えているか、わからない以上、わっしらで見張ります」

「たしかにそうだ。万が一客人の身に間違いが起こったら、奉行所に任せておいたでは通らない。第一門之助どののお立場がなくなる」

早速手を打ちますと下がろうとする吉蔵を、花世は、ちょっとお待ち、と止めた。

「奉行所に顔を知られているおまえや助蔵が、屋敷の外で動きまわって、同心や小者と鉢合わせでもすると、今後が面倒になるといけない。お前たちは屋敷内を固めておくれ。外は六助に廻らせよう」

吉蔵は、ようございましょうと言って下がっていった。花世はお時に、

「六助に、今夜は重い病人がいる、万一盗《ぬす》っ人《と》でも入ると面倒なことになるから、念

のため夜中に一、二度、屋敷の外を見まわるように言っておくれ。詳しいことは言わないでいいから」と言いつけた。

承知いたしました、おやすみなさいまし、と、お時は少しこわ張った顔で下がった。

花世は、なんと長い一日だった、と夜具に身体を倒して全身の力を抜き、何度か大きく息を吸っては吐いた。次第に身体の凝りがほぐれて行く。長崎時代に小太刀の指南を受けた田能村城右衛門から教わった、神経を尖らせたときの対処法である。いつの間にか心も解きほぐされ、次第に眠気がさしてきた。

どのくらい経ったか、人の気配が射して目覚めた。すばやく起き上がって、夜具の上に掛けてある小袖を羽織る。

襖越しに、ひいさま、というお時のひそかな声がした。

「客人になにかあったのか」

襖を開けずに、小声で訊く。

「いえ、六助が、二回目の見まわりに出て、まだ戻ってこないとお兼が……」

お入りとお時を座敷に入れて、すぐに襖を閉めさせた。

「どのくらい経ったのだえ」

「九つの鐘を聞いて出たと申しますから、半時《はんとき》の上は経っております」

お兼の話では、四つが鳴って出ていったときは、隣町の兼房町の木戸まで行って一まわりしたと言って、四半時ほどで戻ってきたという。

「吉蔵は」

「助蔵どんと代わり合って、近くの町筋を探しております」

「人が争ったような痕跡はなかったのか」

「もう月も入っているからあまり定かではないが、なにごとか起こったような気配は感じなかったということでございますが」

花世はしばらく考えていたが、

「吉蔵が戻ってきたら、探すのはもう止めるようにお言い。じきあたりが明るむ。町内の噂になってもいけない。一時も探して見つからないのなら、近くにはいないということだ。あす明けたらすぐに奉行所に助蔵を行かせて、この顚末《てんまつ》を門之助どのにお話しするように。お兼には、必ずわたしが見つけるから、気落ちせず、さり気なく振る舞っているように言っておくれ。下女子たちには知らせないように。戻りが遅くなるようだったら、六助は薬草取りに、いつもの下総《しもうさ》の山に早立ちで出たと言っておくのだよ」

承知いたしました、と言ってお時が下がった。

六助の行き方知れずは、昨日の客人の件と一つながりなのかどうか、いまはそれすら判然としないが、とにかく明日の門之助の返事を聞くまでは、なにをすることもできない。

――まずは身体を休めて、あすに備えねば。

花世は、改めて夜具に横になった。

翌朝は曇り空で、降りそこねたせいか、ひどく蒸し暑い。

花世がひとりで身じまいしていると、吉蔵がきて、

「さっそくに奉行所に行ってきました。門之助さまは、御用に掛かっておいでとか、お目にはかかれませんでしたが、後刻御用が済み次第参上する、お申し越しの件は、心当たりもあるので、けっしてご案じなきよう、とのご口上で」と言う。

花世は、決してご案じなきよう、と口の中で繰り返して、

「門之助どのがそこまでおっしゃるのなら、六助の身に危ういことはないに違いない。お兼には、奉行所のご意向で、しばらく柳庵を離れていることがわかった、門之助さまが案ずるなとおっしゃったからには、けっして心配はいらない、しばらく我慢

するようにとお言い。下女子たちには、さとられないように」

承知いたしましたと吉蔵が下がる。跡を追うように花世は病間に向かった。

お時は朝の支度に台所に下がったといって、五郎三郎が見守っている。男は、花世の姿を見て起き上がろうとしたのを押さえ、

「痛みがつのらなくて、ほんとうによかったですね。あとは無理さえしなければ、日《ひ》薬《ぐすり》で恢復しますよ。ただ、少しよくなったからといって、けっして無茶をしてはいけません。喉が乾きますか」と訊くと、男はうなずく。

「白湯《さゆ》を少し」

五郎三郎に言いつける。花世は男に、

「大きな火傷をすると喉が乾きます。でも一度にたくさん飲むと身体によくありません。少しずつ飲んで、納まったら、小昼には、薄粥《うすがゆ》をお出しします」

男は、口を曲げて、泣き笑いのような表情を見せ、頭を下げた。

奥に戻ってお時の給仕で朝粥をすすり、五郎三郎にはお客の応対をさせるから、おまえ客人の見守りをしておくれ、なにか起こったらすぐに声を出して呼ぶように、とお時に言って、表方に出た。

こんな気候なので、腫れ物の客が多い。大方は五郎三郎で間に合うが、二度目の客

でも、前回に軟膏《なんこう》を出して、腫れか膿かの様子を見ていたような客には、結果によって針を刺して膿を出すなどしなければならないから、花世が診ることになる。

虎の御門近くの久保町の組糸屋の女房の首筋にできた腫れ物に、二日前に塗った膏薬がいい塩梅《あんばい》に利いてきて、針を射して膿を抜こうと、針につける薬の用意を五郎三郎に命じていたとき、あっ、というお時の声がした。

花世は組糸屋の女房に、ちょっとごめんなさいとことわり、すばやく立ち上がった。

廊下側の襖を開けて病間に入る。

お時が、客人に覆い被さっていた。

「どうしたえ」

「あ、あれが……」

お時が、身体を客人の上に倒したまま、後ろ手に指したところに、畳んだ扇が落ちていた。

かがんで拾いあげ、開いてみた。

なにも書かれていない。花世は座敷を見まわした。ほかに変わりはなささそうだ。

障子窓《しょうじ》が、半分ほど開いている。

お時が身体を起こした。意外に落ち着いた顔をしている。

「あまり蒸し暑いので、窓を開けましたところ、それが……」

花世は男を見返り、なにか心当たりがありますか、と訊いた。

男は、黙って首を横に振る。

花世は、窓から外を覗《のぞ》いた。吉蔵が、屋敷の外に出ていく後ろ姿が見えただけである。

「子どものいたずらだろう」

花世が言うと、お時が、

「先日裏の長屋に越してきた男の子が、たいそうな餓鬼《がき》大将で、菊も梅も困っております、きっとその子でございます、あとで大家にきつく言っておきます」と応じた。

そうしておくれと言って花世は、白扇を懐に入れ、客の待つ座敷に戻った。

「ごめんなさいよ、裏の長屋の子どもの、とんだいたずらでした」と笑って、針を取り上げた。

八

いつも通り、八つになってやっと奥に戻り、小昼を取る。給仕のお時に、

「おまえ、さっきはよく客人をかばってくれたね、怖くはなかったのかえ」と言うと、

「怖いと思う前に、身体が勝手に動いたようでございますねえ、日ごろひいさまのなさりようを、おそばで見ておりますからでございましょうか」

お時が笑う。

そんなことをおまえに言われると、背中がむずかゆくなる、と花世も笑って、

「だが、笑いごとですませるわけにはゆかない。お客方の手前、長屋の子の悪戯《わる》さにして済ませたが、いったいだれがなんのためにあんなことをしたのだろうか」

お時も首をひねるばかりである。

「吉蔵どんが、屋敷のうち外を見まわってみたが、なにもわからなかったと申しておりました」

「客人があの部屋にいることを知っての仕業《しわざ》だろう。柳庵に対してだったら、表口に仕掛けてくるはずだ。だがどっちにしても、投げ込んだのが白扇というのは、危害を加える意思はないということだ」

「なにか書いてあればわかりましょうに」

「いや、書いてないことに意味があるのかもしれない」

そういうものでございましょうかねえ、とお時が感心している。

「それはそうと、お兼はどんなふうだえ」

「門之助さまのお言付けを聞かせましたので、すっかり元気を取り戻して、今夜は、今村のおばあちゃんのところに手伝いに行くと言っております。柳庵は重い怪我人をあずかっていて人手が要る上に、六助が下総に薬草のことで使いに行ったので、と言わせるつもりでおります」

「それはなによりだ、おまえも宵のうちに幸兵衛長屋に顔を出して、わたしからと言って香華《こうげ》をお供えしておくれ」

承知しましたとお時が言っているところへ、助蔵さんが見守りしてくれていますのでと、五郎三郎が茶を持ってきた。

「お兼さんが付きっきりで粥を上手にたべさせてくれました。客人はとてもうまそうにきれいに食べました」

それはよかった、今夜は精のつくものを食べさせてやっておくれ、とお時に言いつける。五郎三郎には、油薬の乾き具合をみて、傷に変わりがなければ、今夜あたりから鶏の油に変えよう、と言う。

木の油は、冷やした皮膚に塗っても固まらないのはいいが、なんといっても鶏や鴨、家鴨《あひる》などの鳥類、猪、狐、狸、鹿などの獣脂は効が高い。ことに鶏の脂は、さまざまの効がある上に手に入りやすくまた加工しやすいので、和漢蘭三方ともによく用いられる。

五郎三郎が、本日はどちらもお伺いするところはありません、わたくしはこれから、村松の旦那さまのご機嫌を伺って参ります、と言って下がった。入れ替わりに吉蔵がきた。

「奉行所からの使いが来て、門之助さまが急なお出張《でば》りで、こちらに伺うのが遅くなりだとのことで」

「困ったねえ、この白扇のことも伺いたいのに」

「昨日のご様子ですと、ひょっとするとお越しにならないかもしれませんな」

吉蔵が言う。

「まあ、それならそれでいたしかたない。だが、奉行所が六助の居所を知っているようなのはどうしてだろうね」

「おそらく、奉行所に留められているのでやしょう」

「なんでまたそのようなことを」

「見まわりに出たところで奉行所の手の者に出くわし、不審な者と有無を言わせず捕まってしまったのではないかと」

花世もちらとそう思ったから、

「けれど、奉行所に連れていかれて門之助どのと顔を合わせれば、六助が柳庵の奉公人だとわかるはずではないか」と言うと、吉蔵は、渋い顔になった。

「わかったから、留め置かれたのでやしょう」

「とんでもないことを……」

さすがに花世も鼻白《はなじろ》んだ。

「門之助どのがおいでなのに――」

「門之助さまは、埒外《らちがい》におかれておいでだと思いやすが」

「それなら六助が奉行所に留め置かれているのは、客人の一件のためだというのかえ」

「それ以外に、六助までが巻き込まれる理由がありやせん」

「柳庵は客人に駆け込まれたのだからいたしかたないとして、なんの関わりもない六助まで、なにゆえ無体《むたい》な目に遭わなければならない」

吉蔵は、答えずに口を結んで宙を見据えていたが、

「おっしゃる通り、六助にはなんの関わりもないことでやす。が、柳庵の奉公人であるってことでは、関わりがありやしょうが」

そういえばそうだが……と、花世はつぶやいた。

しばらくして、

「では、なぜあの客人を留めおけというのかえ」

「客人の方は、囮《おとり》でしょうな」

「……囮――」

三たび、花世は絶句した。

「奉行所は、いったい柳庵をどうしようというのだ」

「どうしようとしているのか、花世さまならかならずおわかりになるというところまで、読んでいやしょう」

「まるでわからないよ」

「いまは、わからなくともいずれわかるでしょうから、待つしかありませんな」

吉蔵は、妙に落ち着いて言う。

「待っていて、六助が辛《つら》い目に遭いはしなかろうか」

「柳庵には話が通じている、安心してしばらく辛抱しろと言われていると思いやす」

その言葉を聞いて、花世が語調を改めた。

「おまえも知っての通り、わたしは待ちは苦手だ。お師匠さまが、万一何者かと立ち合わねばならなくなっても先んじて抜くな、相手が抜いてから抜け、と常にお諭し下さるのは、わたしの気性を見ぬかれてのお言葉と思っている。だが、剣法には、先手必勝という言葉もあるのだ」

吉蔵は、頰をゆるめた。

「ひいさまのご気性は、わっしとてよっく存じ上げているつもりでやす。だが、いまだなにも見えていやせん。ここは、あまり深入りせずに、ことなくすむよう、辛抱なさるのが上策かと思いやす」

「お時やおまえの言うことは、いつも正しいよ。だが正義は、時に違ったところにあるのではないか」

わかっております、と吉蔵は頭を下げて答えた。

「ですが、今日といっていまはなにもできやしません。ひいさまは、今夜中にも門之助さまがお見えにならないときは、ご自身であす奉行所にお運びになるおつもりでしょうが、もしかしてそれがなにもかもぶちこわすこととなって、ひょっと六助が戻れないようにならないでもありません。かまえてご辛抱を」

あらためて吉蔵が、畳に手を下ろす。

花世は、わかったよ、と答えたが、

「だが、そう長く待つことは出来ないかもしれないよ」と付け加えた。

吉蔵は、ようございます、その時はいかようにも、ひいさまのなさりたいように、と言って下がった。

九

村松又左衛門の怪我は、まったく心配がない。五郎三郎が行って、家人の話を聞いてくれれば、それで事足りる。うっかり花世が顔を出して、例の髪飾りの話にでもなると、面倒なことになるから、五郎三郎だけの方が無難だろう。

花世は、あまりにことが多く、落ち着いて考えてみるいとまもなかった昨日からのことを、やっと振り返ってみた。

客人の火傷の治療に努めるのが第一だが、門之助の立場を守るため、客人の身になにごとも起こらないようにしなければならない。

吉蔵は、客人は、囮だという。

何者かが、客人に無体を仕掛けてくる。それがわかっているのに、奉行所は、なぜか直接客人を保護しようとせず、その何者かを見張っているのだ。

——だから柳庵を遠巻きにしている。

しかし柳庵は、ただでさえこわごわ蘭方医の門をくぐる客に、無用な威圧感を与えないために用心棒の牢人などは雇っていない。吉蔵と助蔵では、いかにかれらが命知らずでも、限りがある。おまけに六助まで取られているのだ。

——わたしが、なんらかの動きを見せることが、奉行所には必要だというのか。

だがなぜ、こんなまわりくどいことをする。

花世は、身体を張ってひとに尽くすことを、いささかもいとわない。だが、なぜそのようなことが起こるのか、その源を納得行くまで自らが摑《つか》み切らないと、気がすまない。

——吉蔵は、そのわたしの気性を知りぬいているから、できるだけことを荒だてず収めたいと思っている。

あれこれ考え、一向にまとまらぬうちに、お時が、幸兵衛長屋から戻りました、と言って入ってきた。

今村のおばあちゃんが、くれぐれもひいさまに御礼を、と泣きっぱなしでございます、と言う。

「十次郎さんは、もう戻って来ておりました。お殿さまがよくできたお方で、まじめによく働いてくれたと、江戸のご用人さまをお寄越しになっていて、牢人なら故郷の墓も遠いだろう、なにごとも縁だ、もしよかったら知行地の墓に葬ってやろうとおっしゃって、弔《とむら》いは一切取り計ってくださったそうです」

いまどき、そんな情の厚いお方もおいでなのだねえ、と花世も感じ入った。

「なんでも、年貢のことで、村内にちょっともめごとが起こり、今村さまはお風邪ぎみだったのに、雨の中をなんども小作の家をおまわりになって、細かに事を運ばれたご無理がたたって、急に大熱をだされ、いけなくなったとか」

花世は、自らの職務を思って、言葉を失った。

「村のもめごとは、今村さまのお心に感じて、ことなく納まったそうでございますよ」

お時も、ちょっと鼻をすする。

「今後のことは、どうなったえ」

「殿さまが、当座の暮らしが立つようにと過分の香華を下されたので、しばらくはなんとかなるけれど、十次郎さんは、もはや武士として家を興すのは諦めて、職人の修業をしたいと言っているそうで、ひいさまに、お願い申し上げたいと言っておりました」

「それはまた、たいそうな決心だねえ」

花世は、嘆息した。

「職人なら、この町にも村松さまのようなお方がいらっしゃるが……」

武士に縁のある、刀鍛冶か鉄砲鍛冶、それがだめならせめて弓師か鞘巻師《さやまきし》に、と言っておりました、とお時が言う。

「刀鍛冶なら、ご町内に出雲大掾《いずもだいじょう》の称号をお持ちの藤原吉次さまがおいでになる。諸大名御用達の名誉の職人だが、刀鍛冶はほんとうに厳しいと聞いている。武士を捨てるというのは、大変なことだ、ゆっくり考えてからにするように言っておやり」

そういたします、とお時も言って、夜食を急がねばなりませんのでと下がった。

じき、お時が、菊に客人の分の盆を持たせ、ご検分を、と入ってきた。

助蔵どんが、鶏をむしってくれましたので、と、脂を入れた粥に玉子を落とし、胸肉の柔らかそうなところを茹《ゆ》でて、山芋を擦って和《あ》えた鉢がついている。

けっこうだよ、またお兼に世話をさせておくれ、と言って菊を返す。

ひいさまは、客人のお相伴《しょうばん》でございますよ、と、お時が花世の夜食を調える。

平《ひら》は、花世好みの山葵《わさび》酢を掛けまわした鳥のささみ、鉢には山の芋を擦り下ろして豆腐に混ぜ合わせ、玉子の白身を加えて杉箱に詰めて蒸したお時流の伊勢《いせ》豆腐、鳥味噌を掛けてある。小鉢には、鶏皮と山の芋を細く切り、煎り酒に出汁《だし》溜《たま》りを加えた和えもの、汁まで茗荷《みょうが》をつまにした鶏の骨の出汁である。

これだけ鶏と山芋を食すれば、ずいぶんと滋養がつくだろうよ、と笑って、花世はみな平らげた。

茶を持ってきた五郎三郎が、客人の傷は、順調に乾いております、夜食は、お兼さんの介助で、涙と一緒に全部飲み込みました、と笑う。

なによりだね、油薬を替えて、ご苦労だが、今夜も助蔵と代わり合って、見守っておくれ、と言って、帳面を受け取る。

承知いたしましたと五郎三郎が下がると、

「やれやれ、なんとか一日が終わった、だが、夜中《やちゅう》はいっそう気が許せない、気の毒だが、気を張っていておくれ」とお時に言った。

ですが、門之助さまは、まだおみえになりませんねえ、と気がかりなようである。

「吉蔵は、今夜はおいでにならないかもしれないと言っている、五つまで待って、あとは休むとしよう。明日もあることだ、わたしたちが疲れてしまっては、あの客人を守ることもできず、第一、柳庵を頼りにきてくれるお客方に申し訳が立たない」

お時も、黙ってうなずいた。

片付けをすませてお時が下がると、花世は蘭語の書物を広げた。

五つが鳴り、お時が、おみえになりませんね、夜具を、と入ってきた。

花世もうなずき、台所方は、ことなくいっているかえ、と聞く。お兼どんが元気になって、なにごともなかったようでございますよ、吉蔵どんがどこかへ出ていって、いま、戻ってきました、と言う。

花世がただうなずいたので、お時も、では、おやすみなさいまし、と下がった。

第二章　疑惑の鉄砲師

十

幸いなにごともなく夜が明けて、日の出とともに払ったように重い雲が消え、久しぶりの五月晴《さつきば》れである。

庭先の、幼な子の頬のようなうぶ毛のある梅の実に朝日がさして、きらきらと輝いている。

お時が手伝って身じまいを済ませ、病間に行って男を見舞う。五郎三郎《ごろさぶろう》が膏薬《こうやく》を替えていた。

「こんな時節なのに、じくじくした部分が少なくなっている。順調にいっていますよ」

声をかけると、男は左手で花世《はなよ》を拝んだ。

奥に戻るとお時が朝粥《あさがゆ》の膳を調えている。

「よいお日和《ひより》になって参りました、本日は午《ひる》からどちらへお出になりますか」

妙に機嫌がいい。

五郎三郎に聞いてみないとわからないよと答える。

五郎どんは、お客人の世話がありましょうから、お出かけならわたくしがお供いたします、五郎どんが表方に出ております間は、またわたくしがお客人のお相手をいたします、いえ、なにがあってもひいさまが隣座敷においでですから、こわくございません、小昼《こびる》の支度もございますので、お膳は菊に下げさせますと、ひとりでしゃべってさっさといってしまった。

六つの歳《とし》から一度だっておまえには勝ったことがないよ、と花世は口の中でいつものせりふを言いながら、朝粥をすすり終え、表方に向かった。

久しぶりの晴れ間で、客が多い。

だがこういう朝は、長雨で古傷の痛みが出たとか、持病の足腰の痛みがひどくなってきたが、膏薬が切れても足もとが悪く来られなかったなどという客がほとんどなので、花世よりも五郎三郎が忙しい。昨日傷口が膿《う》んだと駆け込んだ子どもは、順調に熱も引いたようで、五郎三郎が油薬を塗り替えてやって、安心して帰っていった。

花世が診《み》なければならない新しい客は、耳の中に火取り虫が入って、灯りを近づけても出てこないと朝一番で駆けつけた老女や、虫に刺されたのを掻きむしって腫れ上がり、膿んできたという三つ四つの男の子に、柳庵の貼り薬が効くというので芝から来たという二人連れの年寄りなどだったが、老女の耳の虫は中で死んでいたので、リイ（麻仁《まに》）油を垂らし込んでつまみ出した。蘭方《らんぽう》で用いるぴんせつとは、持ち手が長く、こういうときに役に立つ。

気がかりは男の子の掻きむしった傷で、子どもは泥にまみれて遊ぶから破傷風《はしょうふう》がこわい。傷口が乾くまでは泥遊びをさせるなときびしく母親に言っておいたが、腕白《わんぱく》盛りの男の子に効があるとも思えない。

花世が奥に戻るとすぐに、お時が膳を運んできた。

柳庵の小昼は主従とも一汁一菜で、たまに花世に小鉢がつくことがあるのだが、今日は小鉢になんと平《ひら》までついている。

鯉を取り寄せました、なんと申しましても鯉が一番精がつきます、助蔵どんがさばいてくれましたのでお夜食にお出ししますが、とりあえずお初をひいさまに、と言う。

小鉢には、薄く削いで細切りにした身に煎《い》りつけた子をまぶし、酢を加えた煎り酒を掛けまわして山葵《わさび》を添えた子つけ膾《なます》、平は、細く切った鯉の皮を出汁溜《だしたま》りで煎りつけ、湯を通してあくを抜いた芋の茎とともに、辛子《からし》を入れた煎り酒で和《あ》えたものが載っている。どちらも、このような季節にはもってこいの品である。

鯉の臭みが山葵や辛子で消えて、歯ごたえもよくたいそう美味である。

「今日は本当の五月晴れでございますねえ、先だっては本町にお供いたしましたが、本日は石町《こく》はいかがでしょうか」

お時が切り出した。

「お江戸見物をしているわけではないよ」

「いえ、とんでもない、本年は長雨に入りましてからまだ、四丁目の杉村さまのごようすを伺いにお出かけになっておいでにならないと思いましたので」

守《かみ》号を許されている石町の筆職杉村出羽守《でわのかみ》の当主は、まだ隠居には間がある年齢なのに、二年ほど前から節々が痛むというので、煎薬《せんやく》と貼り薬を出している。薬がなくなると小僧が取りに来るのだが、この時節には痛みがひどくなるので、ついでのあるときに立ち寄ることにしているのだ。

五郎三郎に聞いてみよう、吉蔵も呼んでおくれと言うと、では支度をして参ります、と勝手に決めて膳を下げていった。

十一

茶を持ってきた五郎三郎が、

「本日はお時さんがお供で、石町の出羽さまにお出かけということですが……」と言う。

「まだ決めたわけではないよ」

花世は苦笑いして、

「でも客人からは目が放せない、出羽さまならお時でも構わなかろうから、お前が残っておくれ」

朝からのお時の機嫌のよさは、鯉が手に入ったというわけではないようだ。待ちの戦法は苦手だと昨夜花世が言ったので、花世が外出《そとで》してなにを始めるかと危ぶんで、天気がよいから供をすると言い出したにちがいない。

お呼びで、と吉蔵が顔を出した。

「お時が石町へ供すると言っているよ。なにを目論《もくろ》んでいるか、大方察しがついている。昨日からずっと客人の側にいたのだから、身体《からだ》に煙硝《えんしょう》の匂いが染《し》み込んでいるのに気づいているはずだ。石町には公儀御用の榎並《えなみ》勘左衛門の店がある。その先は鉄砲町だからね。けれど、お時に勝手をさせて、危ういことはないだろうか」

「助蔵をつけましょう。白昼の町中です、どうということもありますまい」

「ではここは、お時に乗せられよう」

花世は笑ったが、吉蔵は固い顔で、

「ひいさまのお考え通りなさるのは結構ですが、あとは難しくなるとご覚悟下さい」

「こちらが動けば、向こうも必ず動く。その動き方で相手の本性が見える。だがおまえの言う通り、柳庵《りゅうあん》にいる客人は守るとしても、手元にいない六助の身の上に障りが出るといけない。なぜ奉行所は六助を戻さないのだろう」

「人質でございましょう」

言下に吉蔵が答えた。

花世は一瞬、絶句した。

「人質……。お奉行所がかえ」

「奉行所というものは、人質だろうと囮《おとり》だろうと、なんでもやりましょうが」

吉蔵が当たり前のように言う。

考えてみれば、奉行所はご政道を体して世の泰平を守り抜くのが責務である。そのために手段は選ばないのは、こと新しく言うまでもないことだ。

花世の父前長崎《さきの》奉行黒川与兵衛《くろかわよへえ》は、世にいう郡崩《こおりくず》れをなした奉行として知られている。

一村こぞって切支丹《きりしたん》であると長崎奉行から知らされた肥前《ひぜん》大村藩主純長《すみなが》は、即座に動いて郡の村人六百人余を捕らえた。五百余人が処刑もしくは牢死し、残酷な拷問で転んだのは、わずかに九十九人だったという。

郡村は、肥前、いや、この地上から完全に消失した。崩れと呼ばれる所以《ゆえん》である。

父与兵衛はこの摘発によって、島原のごとき乱がふたたび起こる危機を未然に防いでご政道を保ったと、いまも称賛されている。

だが、病《やまい》ゆえとの理由で江戸勤番中に奉行職を解かれた与兵衛は、晩年一度だけ、郡崩れはわしの本意ではなかったと、花世に語ったことがある。

「黒川のお殿さまがなにゆえお役を退かれたか、ひいさまはおわかりでしょう」

花世のしばしの沈黙の胸うちを察したか、吉蔵が言う。

与兵衛が罷免《ひめん》された年、西国はむろんのこと、はるか奥州にいたるまで、日本国中に切支丹禁令が発せられ、厳重な宗門改めが行われている。この禁で、諸国には何ヵ所もの崩れが生じた。

しかし、その後公儀は、残虐な刑罰を公《おおや》けにすることはなくなった。

「刑罰を見せしめにしなくなったのは、けっして信者を憐れんだからではないことも、ひいさまは重々ご承知でしょう」

苛酷な苦痛を耐え忍ぶほど、天に生まれ変わると、信者たちは歓喜に燃えて死んで行く。そのありさまを見せつければ、信者の数を増やすことになると、気づいたからである。

いまは宗門改めの網に懸った者を一ヵ所に集め、厳しい拷問にもかかわらず転ばぬ者は、生涯幽閉される。その上三親等までの親族は、類族として、末代まで差別されるのだ。

江戸では水道町の北の、小日向《こびなた》というところに切支丹屋敷があると聞いている。あの井上筑後《ちくご》さまのお下《しも》屋敷だったのが、ご禁制を破って入国した伴天連《ばてれん》を幽閉したところから、切支丹の牢屋敷になったのだと聞いている。七千坪もあるという屋敷の周りは、牢役人の組屋敷と二、三軒の寺があるだけで、あとは一面の畠、闇夜には、首のない男や逆さ吊りにされて苦しむ女の幽霊が出るというので、近づく者はいない。

黙っている花世に、

「世の中は、情だけでは生きられません」

吉蔵はいつもの言葉を口にした。

「情ではない、勤めだ」

花世が言い返した。

「わたしには、天下のご政道を云々《うんぬん》する前に、柳庵の主《あるじ》として、六助を一日も早く解き放し、いまなお父上の恩を忘れずわたしに尽くしてくれる門之助《もんのすけ》どののお立場を守る勤めがある」

今度は吉蔵が沈黙した。

「お兼は、連れ合いが丸二日も行き方知れずというのに、わたしを信じているからと、なにごともないように健気《けなげ》に働いている。奉公人の信に応えられないようなあるじは、主の資格がない」

吉蔵は黙って頭を下げた。


五月晴れの下、お時を供に柳庵を出る。

風呂敷に包んだ薬箱を背負って、助蔵が従う。

柳庵のある備前《びぜん》町や隣町の兼房《かねふさ》町は町屋《まちや》だけだが、その先の幸橋御門際から広小路を隔てて、幸町葺手《ふきで》町では片町となり、向こう側は屋敷地である。

新《あたら》し橋を過ぎ、朱座のある竹川町から尾張《おわり》町、銀座までは、後先《あとさき》を天下の通宝を造る屋敷がはさんでいるだけあって、ここの町にない品はないといわれるほどに、さまざまな店が軒を並べている。

その先が日本橋、橋の下を、いまにも転げ落ちそうなまでに薦《こも》包みの荷を積んだ船が行き交う。すぐ目の前の江戸の浦は、帆を巻き上げた五百石の大船が何艘も停泊し、わずかな梅雨の晴れ間を一刻を惜しむように荷の上げ下ろしをしている。

日本橋の景は、まさにその名の通り、日本国の繁栄をそのまま写しているのだ。

その日本橋から江戸の浦を見渡すとき、花世はふと、青い海を彩って、赤や緑の三角の帆が翻《ひるがえ》る紅毛の船や、龍を描いた旗が重く垂れる唐船が、緩やかに波立つ湊《みなと》に浮かんでいるのを見た気がすることがある。

だが幻は一瞬で消え、眼前の江戸の浦には、白く厚い帆を掲げた船だけが、大きく浮き沈みしながら群れているのだった。

日本橋を渡って、北通りを行く。

魚棚《うおだな》ばかりの小田原町を過ぎ、十間店《じつけんだな》の先からが石町、東照神君といっしょに三河《みかわ》から江戸に入ったのが自慢の老舗《しにせ》や諸大名御用の大店《おおだな》諸問屋が軒を接している。三丁目の小路には、家康公御下賜《かし》という時の鐘がある。

石町に店を張ることは、江戸第一等の商人の証《あか》しなのだという。庶民にとっても、水道の水で産湯をつかい、石町の鐘で時を知るあたりに住まっているのが、日本一の誇りだと聞いたことがある。

諸大名御用達の筆屋杉村出羽守の店は、四丁目にある。守号を持つ名誉の職人の店ともなると、浜松屋などともまた違って、大戸を上げて通りすがりの客を入れることなどはほとんどしないから、四間の間口一杯に細格子の戸がはめられ、職人たちの働く仕事場の様子も、外からは定かに見えない。

どっしり垂れている暖簾《のれん》をくぐると、見世《みせ》の結界《けっかい》に座っていた二番番頭が目ざとく見つけて立ち上がり、すぐにひいやりとした奥座敷に招じ上げられる。今日は五郎三郎の代わりということで、お時もともに奥に上がった。

待つほどもなく、主がいそいそと出てきた。後ろから女房が、柳庵さまのお薬のおかげで、この時節になっても節々の痛みもさほどではなく、機嫌よく過ごしておりますと、深々と頭を下げる。今年の長雨は晴れ間もあって性《しょう》がいいので、助かりますねえと、お時が如才《じょさい》なく受けている。

小女《こおんな》が茶菓子を運んできた。

柳庵さまにはおめずらしくもございませんでしょうが、と勧めた萩釉《はぎゆう》の皿に、玉子素麺《そうめん》が載っていた。

高価な白砂糖を熱した中に、玉子の黄身だけを細く流し込んで冷ました南蛮《なんばん》渡りの菓子である。江戸では、石町の鶴屋だけが作っていると、主が誇らしげに言う。

貴人台《きにんだい》に据えられた茶碗は白楽《しろらく》の銘品、さすが石町の商人の接待である。いたしかたなく花世は、茶菓を口にした。

その間に、お時が、助蔵に背負わせてきた薬箱から取り出した膏薬の壺と煎薬の袋を取り出して女房に渡し、くれぐれもお大事にと出羽守を辞した。

十二

お時は、戻り道とは反対の方向に向かって歩き出し、しばらく行って立ち止まると、危ういところでございました、とふうっと息を吐いた。

「玉子素麺を見て、おまえが笑いをかみ殺したのがわかったから、気が気でなかったよ。浜松屋さんといい出羽さまといい、日本橋は鬼門だ、こんなところでぐずぐずしていて、例の鶴屋の番頭にでも出会ったらたいそうなことになるから、早く戻るにこしたことはない」

長雨に入る前、小歌うたいの隆悦《りゅうえつ》が行き方知れずになったとき、一計を案じて花世が本来の旗本の息女に戻り、珍菓の玉子素麵を売っている日本橋の菓子処《どころ》鶴屋を探りに行ったとき、老女が里帰りしているので忍びで訪れたと、お時が番頭に言ったのだ。

「いいえ、ひいさま、たしかこのすぐ先に、鉄砲職の榎並勘左衛門さまの店があるはずでございます。ほら、例の鶴屋のご老女さまの一件のとき、ひいさまが五郎どんに確かめなさいました」

「たしかにそうだが、それがどうしたえ」

「お忘れですか、今村の十次郎さんが、刀鍛冶か鉄砲職で修業したいと言っておりましたのを」

「おぼえているよ」

お時はまた上機嫌になった。

「どんな職であろうと、天下一といわれる師匠につかねば名ある職人にはなれません。ましてやお武家さまの子弟が職人になろうというのですから、そんじょそこらの親方に弟子入りしてはなりません。榎並さまは、お上《かみ》御用達の天下一の鉄砲職です。柳庵のお客になったことがあるのですから、その縁で十次郎さんを奉公させてくれるかもしれません。榎並さまに入門するなら、お武家さまのお血筋だとて、けっして恥ずかしくはございませんでしょう」

「おまえ、柳庵の奉公人と名乗って、榎並の表口から案内を乞うつもりかえ」

「当たり前でございます。柳庵の奉公人が、ひいさまご名代として、武家の血を引く若い者の身の上を託すのでございます。たとえ先《さき》さまがお上の御用達であろうと、裏口から入ってどうなります」

お時は、胸を張る。

「おまえには、六つの歳から一度も勝ったことがない。行っておいで」

一礼して意気揚々と歩き出そうとしたお時に、

「このあたりに長居してひょっと鶴屋の奉公人にでも出会うと面倒だから、わたしは、十間店の通りに戻る。銀町《しろがね》の角に切付屋《きりつけ》がある。いつもおかよに買ってやりたいと思っていたから、そこで待っているからね」と、助蔵を従えてもと来た道に向かった。

石町の榎並勘左衛門の店は、長崎の豪商にもあまり見ないほど重厚な構えだと、吉蔵が言っていた。ついこの間、鉄砲の製作売買には、いっそう厳しい制約が加えられたというが、独占的に公儀御用を勤める鉄砲師の店がどんな構えなのか、お時は、少しばかり胸を轟《とどろ》かせながら四丁目に入った。

天下がまだ定まらないころ、榎並は堺一の鉄砲鍛冶として、信長公以来権力者に厚く遇されてきたという。東照神君家康公に召されて江戸に下り、石町のほかにも御用屋敷を下賜されているというのは、金座《きんざ》の後藤庄三郎や呉服所《どころ》の茶屋新四郎次郎と同じ格ということになるのだろう。幕府の死命を制する武器を一手に扱っているのだから、町人ながらその重みは、将軍側近の譜代大名にも匹敵するのではあるまいか。

榎並の店は四丁目の角にあった。

なるほど広壮な構えである。表口の格子をひっそりと閉じ、真新しい畳を敷き詰めた、三十畳はあろうかと思われる見世には、常なら番頭が座るはずの結界もない。

客も、店のものも、一人もいない。ただ静まり返っている。

格子越しに、何十挺《ちょう》もの鉄砲が壁の棚にひしひしと立てかけてあるのが見える。正面の壁には、螺鈿《らでん》や目を奪う色々の輝石《きせき》で飾られた見事な造りの鉄砲が、ゆったりと掛《か》けられている。お時も、長崎にいたころは、阿蘭陀《おらんだ》将校が飾り立てた大きな銃を下士《し》に担がせているのをよく見たが、異国の将校の銃に見劣りするどころか、何層倍も華麗に装っている。

だがいかに長崎にいたからとて、鉄砲師の店など入ったことがない。すぐには案内を乞うことが出来ず、二度三度と、店の前を行き来してしまった。

薫風《くんぷう》にまじって、硝煙の臭いが漂ってくる。どうしようかと考えていると、奥に通じる暖簾口から中年の男が出てきた。なぜか武家のように、背後に屈強な男がついている。男は、暖簾の際でまっすぐ前を向いて座した。

中年の男が土間に下りてきた。

突っ立ったまま、格子越しに、なんかご用で、と横柄に言う。

「ぜひこちらに弟子入りしたいとおっしゃっておいでの、お武家さまのご子弟がお一人おいでなので……」

男は、胡散臭《うさんくさ》そうにお時を見たが、
意を決して口を開くと、案外すらすらと口上が言えた。

「で、おまえさまは……」

言葉つきは少々改まった。

「蘭方外科柳庵の名代でございます。昨秋こちらの旦那さまが、一度お見えになりましたので、そのご縁で……」

男の顔色が少し動いた。脇の戸を開けて表に出ると、お時に近寄って腰を折り、

「それはそれはわざわざのお越し、お手間をお掛けいたします。あいにくと主も番頭

も他出《たしゅつ》いたしておりますので、戻りましたらば取り次ぎました上で、のちほど店のものを参上いたさせます」

打って変わったもの言いになった。

「ご丁寧なご挨拶で恐れ入ります。ではのちほど——」

こちらも丁重な辞儀をして表の通りに出た。

ふうっと大きく息を一つ吐いて歩み出す。

すると後ろから、もし、と声を掛けられた。

びくっとして振り返ると、手代《てだい》風の男が立っている。

「榎並の奉公人でございます。お急ぎのお話でいらっしゃるのでしたら、鉄砲町の仕事場にご案内いたします。弟子入りのことは、そちらにおります職人頭《がしら》が仕切っておりますので」

お時の顔を見つめながら言う。

ありがとうございます、と腰をかがめ、男のあとについて歩き出した。

鉄砲町は、石町四丁目と通りを隔てた町筋である。男は、時折お時を振り返り、こちらで、と一々に手を差し伸べて行き先を示す。

やがて、鉄砲鍛冶ばかりが軒を接する通りに入った。猪や山犬を撃つために百姓や猟師が用いる鉄砲は、この鉄砲町で作っているのだそうで、がんがん地金をたたく音が路地に響く。石町と違って、鼻をつく火薬の臭いも漂っている。

さすが常の鍛冶町と違うと感心しながら歩みを進めた。

男は、間口の広い一軒の前に立ち止まった。

「こちらで……」

また振り返って、お時の顔を覗《のぞ》き込みながら暖簾口を指さす。

お時は、吸い寄せられるように、暖簾口に向かった。

十三

一方花世は、十間通りに面した銀町の角の、切付屋井筒屋の前で立ち止まった。

切付けは、紋服に家紋を縫いつけたところから始まったというが、いまではさまざまな文様を美しい色糸でかがりつけた、色々の端切《はぎ》れもおいている。女子どもの好みそうな端切れを買って帰って巾着や帯に仕立てるとか、いつも客が絶えない。今日は天気がいいせいか、女客が立ち止まっては中をのぞき込んで行く。

花世を上客と見たか、店の女房が腰を掛けるよう愛想よく勧める。切付屋は、日本橋から尾張町竹川町には何軒もあるが、いつも通りすがりにちらと覗き見るだけで、見世に掛けたことはない。今日はお時を待たねばならないから、女房の勧めるままに腰を下ろした。

薬箱を背負った助蔵は、道の端にかがんでいる。

女房はあれこれと違う文様の布を次々に取り出してきた。どれも甲乙つけがたいほどに美麗《びれい》で、花世もつい気が入り、何枚も手元に取りおいてしまった。

女房が小簞笥《こだんす》から、薄縹《うすはなだ》の地に鬱金《うこん》色で井筒を染めた布を取り出し、花世が選んだ小切れをくるんでいる。この紋入りの布でくるんでくれるところがまた、井筒屋が評判になっている所以《ゆえん》なのだそうだ。

包みを手渡され、やっと花世は、自分が一人で買い物などしたことがないの気づいた。お時は、今日のように供をして客の家を訪ねた戻り道、時折なにか買い物をしているようだったが、おそらく馴染《なじ》みの店で、帳面につけ、節季《せっき》払いにしていたのだろう。

だがここは、初めて腰を下ろした見世である。どうしようかと思っていると、助蔵が立ってきて銭を渡し、品物を受け取って、これこれの供が来たら、先に戻ったからまっすぐ帰るように伝えてほしい、と女房に言付《ことづ》けている。

ほっとして花世が見世から立ち上がると、助蔵が、お時さんは、石町から鉄砲町へ行きましたと言う。

「なんだって。なにをしに行ったのだえ。またどうしてそれを……」

花世は二重三重にびっくりして助蔵を見返った。

大丈夫でございます、わっしはひいさまのお供をいたしますので、と頬を緩める。

助蔵は、春の騒動で吉蔵が大きな傷を負って療治している間の助っ人にと、吉蔵が呼び寄せた男だが、吉蔵が恢復《かいふく》しても、重宝になってしまって手放せず、本人もずっと柳庵に奉公したいと言っているとかで、いまでは台所の力仕事から客の応対まで、お時や吉蔵を助けて手落ちなく運んでくれている。

それにしても、花世が切付けに気を取られていたほんのわずかの間に、三、四町も彼方《かなた》の出来事を聞き知ったようだ。そんな男たちがついているのなら、お時の身は案じることもないと、花世はそのまま柳庵に戻った。

十四

奥に入って着替えを済ませると、吉蔵がやってきた。

「客人に変わりはないかえ」

どんどん良くなっていると五郎どんの話で、と答える。

「助蔵から聞いたろうが、お時は、石町の店から鉄砲町の仕事場へまわったようだよ」

「職人の雇い入れなど石町では受けない、鉄砲町で聞けと言われたのでやしょう」

危ういことはないかえ、と出かける前と同じことを訊《き》く。

「店の中に入り込みさえしなければ大丈夫です。お時どんのことですから、迂闊《うかつ》に奥に入るとは思えません」と答える。

「お時は善いことをしていると思い込んでいるから、無茶しないとはかぎらないよ」

と答えたところへ、五郎三郎が茶を運んできた。

「客人は、大変に勝れた体質のようでございます。次々に新しい皮膚が出来ております」

「お時が気を使って精のつくものを食べさせているからね。筑後さまの療法とさして変わらないのだが、手当が早くできたのがなによりだった」

するとは吉蔵が、そういえば、と、

「さっき、今村の旦那さまに線香を上げさせてもらいに行ってきましたが、兼房町の木戸番が、二、三日前、ひどい怪我人が柳庵さまに運び込まれたが、その後どうだと言いやした」

「というと、兼房町の方から来たということになるね」

「幸町から来たと言ってやした」

「おまえ、兼房町の木戸番と話が通じるのかえ」

気が向かなければまるで口も利かない、変わり者の木戸番だという。

「通じるってほどでもありやせんが」と、吉蔵は苦笑した。

「似たもの同士ってことになりますか。お時どんが道をつけてくれたので、柳庵の奉公人にはそこそこの口を利いてくれるようで」

この春、田能村《たのむら》城右衛門のために買った灘《なだ》の酒の残りを、世話になった礼だとお時が持っていってから、柳庵の奉公人にはたまには向こうから言葉もかけるという。

「そんなら客人が担ぎ込まれた時の様子を、もう少し詳しく聞き出せるかえ」

吉蔵は、やってみましょうと出て行った。

幸町からなら柳庵までは一丁前後、あの火傷《やけど》は、熱を浴びてからちょうどそのくらいの時間が経った傷だと思っていた。

花世も、男が担ぎ込まれたときから、身体に染みついている煙硝の臭いに気づいていた。五郎三郎の言う通り、腕は湯熱の火傷、手首から先は火の火傷である。一時にそのような火傷を負うとしたら、まず鍛冶職だろう。加えて煙硝の臭いがするとなれば、鉄砲職人ということになる。お時が、石町に見世を構える公儀御用の鉄砲師榎並を思いついたのは、当然のことだ。

だが、石町からこの備前町まで、男の足でも半時の上はかかる道のりである。あの傷では石町からここまではとても歩けまい。六助は、男は駕籠《かご》ではなく侍が肩を貸して柳庵に転げ込んだという。傷のようすから見ても、湯火を浴びてから四半時と経っていなかった。

柳庵のある備前町は、お城への御門に近い。三、四町向こうに古くからの鍛冶町があるが、鉄砲鍛冶はない。

男が柳庵に運び込まれたとき、最初に応対したのは六助だったのだから、詳しくようすを聞けばよかった。そうすれば見回りをしろなど言いつけなかったかもしれない。なによりも客の手当が第一だというやり方を通してきたのが、今度に限って悔やまれる。

五郎三郎は、お時さんのお戻りまで、客人のそばにおります、と下がっていった。

読みかけていた蘭語の書物を書見台において読み始めたが、なにかが胸に引っかかって、先に進まない。

——お時の戻りが、少し遅い。

切付屋ではあれこれ端切れを選んでかなりの時を過ごしたのだから、お時が鉄砲町の榎並の表口で口上を述べただけで引き返してくれば、もう帰ってもいいころである。

花世は、立ち上がって台所へ向かった。

鯉の頭を切っていた助蔵に、手が空いたら来ておくれと言って、病間にまわる。

五郎三郎が、夜食には鯉の汁が出ると男に話している。男は花世を見ると、夜具の上に左手をついて、顔も上げない。

「治りがとても早いと、みな喜んでいますよ。お時が鯉を取り寄せました。楽しみにしていて下さい」

病間を出ると、廊下で助蔵が待っていた。

「お時がまだ戻らない。大丈夫だろうね」

「お時さんが店内に入ることがないよう手はずは組んでおりますから、まずご心配はないと思います。ただ鉄砲鍛冶は、職人の中ではことに気位が高く、気性も荒いようですから、店内に入ってしまうと面倒で」

花世の胸の引っかかりが、少しばかり大きくなった。

助蔵が、その花世のようすを見て、迎えに行って参りましょうと言う。

「いま吉蔵が、兼房町の木戸番に話を聞きに行っている。戻ってきたら入れ替わりに行ってみておくれ」

承知しましたと助蔵が下がったあと、書物に向かってみたが、蘭語のせいもあるのか、なかなか頭に入らない。

こんなことなら、出羽さまの店の前でお時が榎並に行くと言った時、止めるのだった。

しばらくして吉蔵がきた。

「幸町の方からやってきたことはたしかだが、番小屋にいたから、詳しいことはわからない、だが、そう遠くからではなかろうと申します」

なんでだえと訊くと、

「客人に肩を貸してきた男が、もう半分は来たぞ、しっかりしろ、と言っていたのが聞こえたそうで」

幸町、兼房町、備前町という町並びなのだから、兼房町で半分というなら、なるほど幸町から来たことになる。

「あの怪我人、いけなくなったのかいと木戸番が訊くので、良いほうに向かっていると言ったところ、そんならどこから来たかくらい、本人に聞けばいいと、もっともな言い分で」

吉蔵は苦笑して、

「本人は口が利けないようだ、かつぎ込んだ男が、薬礼をおいていなくなってしまったからと、本当のことを言っておきました」

そこで木戸番はいつものように黙り込んでしまったので、またなにかわかったら教えてくれと言って戻りましたと付け加える。

「幸町に鍛冶職があったかねえ」

「向かいは武家屋敷です、火気を使う職はありません」

ことにお上からきびしく管理されている鉄砲鍛冶である、武家屋敷前にあるはずはない。

「あの客人が幸町あたりからきたとなると……」

花世がつぶやくと、吉蔵は、どうも厄介なことになりそうで、と言ったが、助蔵が出て行きましたので表方が手薄ですからと、下がっていった。

十五

空はまだもっているので明るいが、七つはとうに過ぎている。

夜食の支度もあることだ、菊とお兼では、鯉の汁は調えられないだろう。

花世は、また台所に向かった。

女たちは、夜食の支度の時刻になってもお時が戻らないが、出る前に下ごしらえの指示もなかったらしく、なにから手をつけていいかわからないようである。

お兼は、血の気の引いた顔でうろうろしている。六助が戻らない上に、お時まで行き方知れずになったのでは、どうなることかと思っているのだろう。

花世はつとめてこともなげに、

「早くお時と助蔵が戻らないと、せっかくの鯉の料理ができない。菊は、鯉の汁をこしらえたことがあるかえ」

菊は目を丸くして首を振る。長屋住まいの身では、鯉など生涯に何度口にできるかというところだろうから、無理もない。

土間に降りてみると、大きな盥《たらい》に鯉が二匹泳いでいた。お時は奮発して三匹買い、そのうちの一匹の片身を、昼に使ったのだろう。

花世は土間から裏口を覗いて、板の間に戻った。

「少し曇って来た、夜には降るかもしれない。お時が帰ったら、あいさつはあとでいいから、すぐに夜食の支度にかかるように言っておくれ。助蔵は奥に来るように」

女たちに言いおいて奥に戻った。

書見台の前に座して、二、三丁繰ったところへ、助蔵の声がした。

「井筒屋に座り込んででもいたのかえ」

助蔵が、へい、とうなずく。

「おおかた面目《めんぼく》なくて、帰れなくなったのだろうよ」

そのようで、と助蔵が笑った。

井筒屋の女房が、店先でうろうろしているお時を見かけて言伝てを通したが、お時はなにも言わずに真っ青な顔で見世に座り込んでしまったので、とりあえず茶を飲ませて落ち着かせ、お屋敷に使いを出しましょうと言っているところに、わっしが行き会わせましたので、との話である。

「ご苦労だったね、念のため吉蔵にも言って、屋敷まわりには気をつけておくれ」

台所の土間から、裏口で押し問答している人影が見えた。お時が入りにくがっているとみたが、万一跡をつけられているといけないと、気づかぬ振りで板の間に上がったのだ。

書見を続けていると、襖《ふすま》の外で、ひいさま、というか細い声がした。

「お入り」

一呼吸して、膳が先に座敷の中に差し入れられた。

「なにをしているのだえ、早くお入り」

書見台を押しのけて向き直る。

顔も上げず、お時が膳を押して、しおしおと膝行《しっこう》してきた。

「なにごともなくてよかった。鉄砲鍛冶というのは、勤番侍《きんばん》などよりよほど利かぬ気の者が多いと聞いているからね。で、用向きは果たせたのかえ」

お時は、花世の前に膳を置くと、畳に手をついた。

「申し……わけも――」

蚊の鳴くような声で言う。

「詫び言はいい。なにが起こったのかお話し」

お時は、手をつかえたまま、語り出した。

石町の店の前で男に声をかけられたが、見知らぬ男に素姓を確かめもせずついて行くなど、常ならけっしてしないのに、榎並の奉公人と思い込んだせいか、糸で操られでもしているように、男のあとに従ってしまった。

はじめて足を踏み入れた鉄砲町の荒っぽさに気押《けお》されていると、一際《ひときわ》大きな店の前で、内に入れと男に言われた。

吸い込まれるように暖簾をくぐろうとしたとき、どこから現れたか、薬箱を提げた総髪の男がすいとお時の前に立ちはだかり、

「お時さま、急の怪我人が出来《しゅったい》いたしました、すぐに戻るようにと、花世さまのお言いつけでございます」

真正面から、大声で言った。

お時は、はっと目覚めたようになった。

「それはいけません、今日は柳庵は人手不足でございます」と男に向かって、

「お聞きのようなことでございます、せっかくでございますが、また改めまして」と断り、もう歩き出している薬箱持ちの後を急いで追った。

薬箱を持った男は口も利かず、たいそうな早足で石町をどんどん十間店の方に向かう。お時は時々小走りになって、男の後を追った。

江戸の人間はいったいがせっかちで早足だが、先を行く男の風俗から、急な病人が

出て医者を呼びに行ったと思われるのか、往来の人が道を空ける。

時の鐘の下まで来て、はじめて男は歩みを緩め、お時を待って振り返り、これから先はおひとりでお戻り下さい、と言うと、ひょいと鐘楼の後ろにまわって見えなくなった……。

「わたしとしたことが、どうしてあれほど不用心に……。まるで自分ではないように、ふっと男のあとをついて行ってしまいました」

お時は、やっと少し顔を上げて、

「話に聞く切支丹の術のような……」と言った。

途端に花世が、

「なにを言う。わたしらがそのような言葉を口にしてどうする」

きびしい口調でたしなめた。

お時は、はっと頭を下げ、

「なんとも……申しわけがございません……」

またも蚊の鳴くような声になる。

「切支丹ではないが、術に掛かったことは確かだね」

「術、に……」

「今後は、無茶はいけないよ。もしもそのまま鉄砲町の仕事場に入っていたら、その先はどうなったかわからない」

花世の言葉に、お時はもう一度畳に頭をすりつける。

「薬箱を持った男は、吉蔵が手配りしていたのだろう」

お時は、ますます身を縮めた。

「それにしてもおまえ、石町では、ほんとうに榎並の表口から案内を乞うたのかえ」

「柳庵の客になったことがあれば、公儀御用でも一介の職人でも、おなじでございます」

いつも花世が言っている通りのことを言う。

花世は苦笑いした。

「それはそれでいいけれど、今夜は吉蔵とも談合しなければならない、早く夜食を済ませないと」

お時は、あわてて、お汁が冷めました、と膳を持って立ち上がった。

じきに戻ってきて、猫脚のたーふるに夜食を並べる。

鯉は肝《きも》入り汁にいたすつもりでございましたが、こんなことで、ただの味噌汁でございます、とまた頭を下げる。鯉の身は、煎り酒を掛けまわした刺身になっていた。

鉢の、揚げた麩《ふ》を出汁溜りで煮た鴨もどきは、花世の幼いころからの好物である。芋の茎と茗荷の子の酢和えの小鉢、楊梅《やまもも》の蜜煮もついている。

手を掛けないものばかりで、ほんとうに申しわけございません、とお時が手をつかえる。

柳庵は、町医者にしては夜食がぜいたくだよ、と花世は笑った。

箸をおいたところに、いつものように五郎三郎が茶と帳面を持ってきた。

本日は、蘭茶をお入れいたしました、と言う。湯通しした蘭花を蜜で煮たものに熱い湯を注ぐと、花弁が開いて高い香りがたつ唐茶だが、花世の父与兵衛は、ことのほかこの蘭茶を好み、仕事に詰まると蘭茶を所望したという。門之助から聞いている五郎三郎が、気を利かせたのだろう。

「客人は、粥に鯉の汁が入っていると聞いて、また涙と一緒に流し込んでおりました」

それはよかったと花世が笑って、

「だがそろそろ膏薬を止めないと、せっかく出来た新しい表皮が、薬といっしょにはがれるといけない。あすには考えよう」と言う。

帳面をお時に手渡して下がろうとする五郎三郎に、花世は、

「今夜は、表奥とも気を張っていなければならない。おまえはお時と交替で客人のそばにいておくれ。膏薬が傷に張りつくと水の泡だとでも言って、ときどき傷口を診てくれればいい」と言う。

心得ましたと五郎三郎が下がる。

花世はお時に、今夜はなにが起こるか分からない、おまえここでやすんでおくれ、台所方に伝えに行ってもらうことになるかもしれないからね、夜食がすんだら吉蔵と一緒に来ておくれと言うと、かしこまりました、と礼をして、ほっとしたように膳を片付けはじめた。

十六

台所方の夜食が済むと、新たに入れた蘭茶の碗を前に、灯《あか》しを近寄せる。

「客人が鉄砲鍛冶ということはまちがいないが、榎並の所縁《ゆかり》で柳庵へ来たとはいえない。だから、榎並がこの一件にかかわっているかどうかは、いまのところではわからない」

「ですが……」

お時が顔を上げる。花世が、

「いや、お前は、その男が榎並の奉公人と名乗ったからそう思い込んだだけで、後ろから呼び止められたのだから、ほんとうにその男が榎並の店から出てきたかどうか、わからないよ」

そうおっしゃれば……とお時がぼんやりと言う。

「客人の方は、石町でも鉄砲町でもなく、幸町方面から来たことが確かになった。だが幸町に鉄砲鍛冶の店はない。なんでまた幸町あたりで鉄砲鍛冶職人が自傷したのか、その理由を柳庵が知ってしまうと、困る者がいるようだ」

吉蔵がうなずく。

「奉行所が柳庵を遠巻きにしているのは、柳庵に客人を預けておいて、取り戻しに来るだろう何者かを見張っているのではないか」

「まず、そうでしょうな」

吉蔵が、苦々しげに言う。

「それはわからないではないが、なんのために六助を返さないのだろう」

花世は、何度もくり返してきた問いを、またつぶやいた。

「奉行所が、ひいさまを操ろうとしているからでしょうな」

吉蔵が意外なことを言った。

「ひいさまを操る……」

お時がつぶやく。

「北の奉行所に、どのような状況になればひいさまが動かれるか、ご気性を飲み込んでいる者がいるのでやしょう」

愕然《がくぜん》としたお時が、

「も、門之助さまが、そのようなことを……」

「門之助どのは、たとえおわかりになっていても、けっしてそのようなことを口外されない。だからこそ、父上の信が篤《あつ》かったのだよ」

「そんなら、だれが……」

「わからない。だがだれにせよ、奉行所役人は市民の心情に通じていなければ、勤まらないのだろう」と言って、しばらく考えていた花世は、

「おまえを呼び止めた男は、おそらく、金創《きんそう》でひどい痛みのある怪我人や、治療のため一か八かで骨を切り落さねばならないときに紅毛外科医が用いる術を使ったのだろうよ」

「で、では、ほんとうに切支丹術で……」

花世はうなずいた。

「日本人の外科医が用いることは固く禁じているから、商館医も日本人には教えない」

出島の商館に通っていたころ、山犬に足を噛まれた紅毛人の下僕が、腐りかけてきた脛から先を切り落とす手術を見学した。花世が師とたのんだ商館医ブシュが、男の目をじっと覗き込みながら骨を切っていく。当たり前なら痛みにのたうちまわった挙《あげ》句《く》、気を失うはずなのに、下僕は吸い込まれるようにブシュの目を見たまま、じっと動かない。

「あとでブシュが、この術を使えば、何人もの人間に思いのままの行動を取らせることもできる、と笑っていた。そんな術を使う者がもしもこの国にあらわれたら、ご政道はどうなるかわからない」

お時が身震いした。

「だから蘭方外科を学ぶ日本人には、術を施している場を垣間《かいま》見ることさえ厳禁されている」

花世は奉行の娘なので、患者が術に完全にかかってから、見ることを特別に許したのだとブシュは言った。

「御禁制の南蛮術を用いていることがわかれば、たとえお上御用達の店の奉公人であろうと、厳罰に処せられるが、かりに奉行所の手の者がおまえと男の跡を付けていたとしても、術を使ったかどうか、傍目《はため》ではまったくわからないのだから、捕らえることはできない」

吉蔵が、苦虫を嚙み潰したような顔になった。

「相手方は、いずれ客人を奪いに忍び込んできやしょう。ですがその時奉行所は、決して柳庵に手は貸しません。用心に越したことはないので、今夜から見張りを固めます」

「奉行所がそんなやり口をとるのでしたら、門之助さまはさぞおつらいお立場に……」

吉蔵はお時をちらと見て、

「気の利いたのを門之助さまのお役宅にやって、つなぎを取ることはできますが」

即座に花世は首を横に振った。

「門之助どのはほんとうにまっすぐなお方だ、わたしが危険を承知で動くのではないかといっそう苦しまれる。片がつくまで、そっとしておこう」

吉蔵がうなずいた。

いったん下がったお時が、自分の夜具を抱えてきて次の間の襖の端に置き、改めて深々と頭を下げた。

「じき九つになる、あすがあるよ」

花世は、自分から境の襖を引いた。

お時がなにかを探りに榎並に顔を出したことにあの男は気づいたはずだ。かならず客人を奪い返しに来る。だが奉行所が客人を囮に柳庵を見張っていることもわかっているだろうから、みすみす網に引っかかる愚はしないだろう。

――今夜は動くまい。

花世は身体を横にした。足もとには、すぐ着けられるように袴《はかま》がおいてある。

じっとりと湿気がつのってきた。

あすは、午《ひる》過ぎには降り出すかもしれない。

第三章　お時の危難

十七

翌朝は、雲は厚いが、すぐに落ちてくるというほどの空模様ではなかった。

昨夜花世《はなよ》は、九つ過ぎまで目覚めていたが、なにごとも起こらなかったので、安堵したかいつか眠りに入っていった。

身仕舞いをすませてすぐに病間に向かう。

五郎三郎《ごろさぶろう》が、男の膏薬《こうやく》をはがしている。

「だんだんとよい皮膚が上がってきています。あと一息ですが、ここで気をゆるめると、一からのやり直しどころか、以前よりも悪くなって、完全には治らなくなりますから、もう少し辛抱《しんぼう》して下さい。大目付の井上さまは、このくらいのところでご辛抱がならず、なかなか完治なさらなかったということです」

花世はゆっくり話しながら、男の目を覗《のぞ》き込んだ。いつもは、いまにも涙を流さんばかりに目を潤ませて花世を仰ぐ男が、なぜか花世の視線をはずそうとする。花世は執拗に男の視線を追って話し続けた。男はとうとう、低く頭を垂れてしまった。

五郎三郎も気づいたか、不審そうに男を見る。

「しばらく乾かしてみよう。かきむしったり物が傷に触れたりしないように気をつけていておくれ」

言いおいて奥に戻り、お時の給仕で朝粥《あさがゆ》をすませる。

五郎三郎が茶を持ってきた。

「客人には膏薬は貼らず、小手《こて》の上からゆるく晒《さらし》を巻いておきました。この後のご指示を」

だれかついているかえと訊《き》く。何者かが客来《きやくらい》の混雑にまぎれて表口から入ってくることも考えられる。一瞬の油断から、大事に至るかもしれないのだ。

「助蔵さんです。傷のことは伝えてあります」

「しばらくしたらお時に代わって貰《もら》うから、おまえは客の応対を。その前に客人の処方をきめよう」

承知いたしましたと五郎三郎は下がった。

「今朝方、今村のおばあちゃんが来て、十次郎さんがなんとしても名ある職人の弟子になりたいというので、どうかひいさまのお力を、と申しておりました」

お時の言葉に、花世はうなずいて、吉蔵を寄越しておくれと言った。

すぐに吉蔵が来た。

「昨夜はなにごともなかった。だが、毎夜気を張っていては、翌朝の客の応対に障りが出る。相手次第にしていては、いつ終わるかわからないのだからね」

「先手必勝といかざるを得ませんようで」

めずらしく吉蔵が、花世が言い張ってきたことを口にした。

花世はしばらく考えていたが、

「おまえ、ほんとうのところ、どう思う」

「ひいさまのお覚悟次第で」

「人の世は、情のみでは渡れない――のだからね」

吉蔵は、黙って頭を下げた。

それからいつも通りの時が過ぎた。降ると思ったのか客は少なく、花世は九つをまわると奥に戻った。

お時が、小昼《こびる》を運んできた。

「数寄屋町の絵繕師《えつくろいし》の宗仙さまのところへ、このところ半月ばかりも伺っていない。お年寄りがさぞ心細く思っておいでだろう。今日は助蔵を客人の守りに置いて、吉蔵が薬箱を持つ。おまえまた供をしておくれ。これから先、長雨が続くといけないから」

数寄屋町の伊藤宗仙は、先祖伝来の名品についてしまった傷を消したり、古びの来た表具の仕立て直しをする腕は、江戸で一、二といわれている。先だって若い手代《てだい》が、暮れ方の使いの帰り道に、残忍な悪《わる》に摑《つか》まってすでに命にかかわろうとしていたところを、偶然通りかかった花世が助けたのが縁で、手の空いたときに寝たきりの年寄りの足腰の痛みを診《み》に行っているのだ。

承知いたしましたとお時が答えると、

「今村の十次郎さんは、今日は長屋にいるかえ」と訊く。

お兼に見に行かせますとお時が言う。すると花世は、お時の顔を見ずに、

「おまえ、宗仙さまに伺ったあと、十次郎さんを榎並《えなみ》に連れて行けるかえ」と尋ねた。

「むろんでございます」

お時は、打って返すように答えた。

「榎並の家のものと話すときは、けっして目を合わせてはいけない。身分の上のお方の前に出たときのように、うつむき加減にしているのだよ」

わかりましたとお時が手をつかえた。

「万が一、術を懸けられても、昨日のようにだれかが大声を出せば、浅いうちならすぐ醒《さ》める」

お時は、二度三度とうなずいた。

「わたしも吉蔵も、近くで見張っている。十次郎さんにもおまえにも、けっして危うい目には遭わせない」

お時は深く頭を下げた。

「榎並の見世《みせ》にはけっして入ってはいけないよ。表口の前で、十次郎さんを昨日の通りの口上で、店の者に引き合わせてすぐに戻るように」

「わたくしは大丈夫でございますが、もしも十次郎さんに、中へ入れと言いましたら……」

「言わないだろう。わたしも一、二度十次郎さんを見かけたが、前髪立ちながら、筋のよい剣を身に付けている。手習いの師匠の牢人の手助けで、暮らしを立てていたということだけれど、武芸が一人前にできなければ、家再興などとてもかなわない。おそらくその牢人にでも、稽古をつけてもらっていたのだろう」

お時が、そうおっしゃれば、と合点する。

「おまえに術を懸けた男は、一目で相手の腕をはかるにちがいない。武芸のたしなみのある侍の子弟が、柳庵の縁で榎並で鉄砲鍛冶の修業をしたいといってきても、まず断って様子を見る」

「そうでございましょうねえ」

「その上、昨日の今日と、日をおかずおまえがやってくれば、柳庵がどこまでほんとうのところを知ったか探るため、昨日とは別のやり方を取るだろう」

「それでしたら、十次郎さんにも、あの男の目を見るなと申さねばなりませんが……」

「石町《こく》で会ったら、わたしがうまく言うよ」

お時が妙な顔で花世を見た。

「すぐ顔に出るわたしに、出来るのかと思ったね」

花世は笑って、

「大丈夫だよ、ここのところで大分おまえのやり方を見せてもらったからね。師匠がいいと上達も早い」

さようでございましょうかねえ、とお時もやっと頬を緩ませた。

そこへ五郎三郎が、茶を持って入ってきた。

「客人には和痛油《わつうゆ》を薄く塗るだけにしてみよう。今日はこれから、宗仙さまのお年寄りを診に伺うが、おまえは助蔵と一緒に客人を見ていておくれ、お時と吉蔵に供をさせる」

承知しましたと応じたが、おぼつかなさそうな顔になった。

「柳庵は用心棒のご牢人さんなど雇ってはいないから、一見手薄に見えるが、吉蔵が手を打っているから心配はないよ」

花世が言うと、五郎三郎は、ほっと安堵したようすで下がった。

わたくしも支度をと、居間を出ようとするお時に、

「おかよはどうしているえ」と花世が訊ねた。

「昨日はお天気がよかったので、久しぶりに今村のおばあちゃんにこんへいとを持っていったそうです。表方の騒ぎに気づいてはいけないので、このところずっと、お梅をつけてありますので、たいそう機嫌がいいようで」

「昨日の騒ぎで、せっかく買ってきた切付《きりつ》けを見せてやるのを忘れていた。眠くなる前にお梅に渡して、見せてやっておくれ」

とたんにお時が、いかめしい顔になった。

「幼ない子どもは、就寝前にあまりにもの珍しいものを見などすると気が昂《たかぶ》って眠れ

なくなります。戻りましたらわたしが、ひいさまのお心づかいだと言って、見せてやります」

「わたしのような世の中知らずは、町人の女の児《こ》ひとり、満足に躾《しつ》けられないのだねえ」

花世がため息をつく。

「ひいさまは、ご老女さまのお躾けが行き届いていらっしゃいました。わたしは、ご老女さまを見習っているだけでございますよ」

そうなんだろうかねえ、とさっきまでと打って変わって弱気になった花世を、お時は、ほほえんで見上げた。

十八

助蔵が兼房《かねふさ》町の幸兵衛長屋から十次郎を伴ってきた。老女は大喜びで涙を流していたという。

花世は台所まで出て、十次郎に会った。

花世の身分は聞いているようで、まだ前髪の取れない少年は、すっかり固くなっている。

「お武家さまのご子弟が、一から職人修業をなさるというのは、ご覚悟が要《い》りましたでしょう。でも、戦さのないこれからは、かならず商人や職人の世の中になります。武士よりも町民の方が、誇り高く生きられると思いますよ」

まだ先方に話を通してあるわけではないから、面倒でしょうが八つ半ころ、石町の鐘楼の下で待っていて下さいと、十次郎をいったん帰した。

吉蔵が薬箱を背負って、花世とお時のあとに従う。

わけなく数寄屋町に着き、宗仙の店の前に立つ。七旬《しちじゅん》を越して足腰が立たなくなった先代に、一家でかしづいているのだ。

店で仕事をしていた主《あるじ》が、いそいそと立ち上がった。

お変わりありませんか、と例の通りお時が如才《じょさい》なく話しかける。おかげさまで、相変わらず口だけは達者で、と主が笑って、奥へ導く。

板のように薄くなって寝ていた先代は、花世の顔を見ると、皺《しわ》の中から笑いを見せて起き上がろうとした。女房が背中を抱え、後継ぎの嫁が座敷の隅に積んであったふとんを運んで背に当て、支えにする。枯れ木のようになった足だが、按摩《あんま》や針の療治も欠かさないので、どうやら動かすことができるのだ。そのままで体のあちこちを触診したのち、床に横たえて、自らの両の手に清涼油《せいりょうゆ》を塗り、しばらく老人の足腰をさすり揉《も》む。

老人は、窪《くぼ》んだ目尻に涙をため、両手を合わせた。女房も、下着の袖でそっと目を拭《ぬぐ》っている。

花世は明るく笑って、

「こちらのみなさまは、ほんとうにご隠居さまを大切になさって、ようございますねえ」

ありがたいことで……と、老人は、意外にはっきりした声で言う。

「この前伺ったときより、身体《からだ》に張りがありますよ、月が変わったらまた参りますから、そのときはもっとお元気になっていて下さい」

お時が煎薬《せんやく》と薬油を差し出す。

「これから暑くなります、暑さに負けぬ力がつくお薬を加えておきました。煎じ方はいつもの通りです」

孫嫁が、茶菓を運んできた。これから伺わねばならないお家がもう一軒ありますからと辞して、通りに出る。

石町に向けて歩みを進めながら、お時が、

「宗仙さまでは、いつ伺っても奉公人まかせにはせず、孫嫁さんまでが精一杯お世話をなさっていて、よいご一家ですねえ」としみじみ言う。

「ご隠居さまのお仕事ぶりを、ずっと誇りに思っておいでだったからだろう。技というものは形では残らないが、家の第一の宝だからねえ」

お時は深くうなずいた。

「でも表通りの大店《おおだな》には、こうやって折々伺っているが、長屋の職人衆やお店者《たなもの》には、どんなに気がかりでも行くことはできない。どうしたものだろうねえ」

花世がつい吐息まじりになる。

薬礼を払っていなかったり、かろうじて一回払ったきりというような客の長屋にうかつに顔を出すと、薬礼の催促かと思って、夜逃げせんばかりにあわてふためくのだ。柳庵《りゅうあん》を開いたばかりのころは、一度来ただけでまだ治癒にいたっていないのに、顔を見せなくなった客が心配で、住居まで訪ねたこともあったのだが、だんだんにわかってきてからは、こちらから出向くことはしなくなった。吉蔵が、世の中は情のみでは渡れないと言うようになったのは、そのころからである。

そうこう言っているうちに日本橋を渡る。

銀町《しろがね》の辻で、花世は足を止めた。昨日散々に迷惑をかけた切付屋の井筒屋の前である。

店に出ていた女房が、目ざとく見つけて立って来た。

「昨日はお世話をかけました。おかげさまで無事に戻ることができました」

お時が深々と腰を折った。

まあほんとうにようございました、よほどにお疲れのようにお見かけしましたが、もうおよろしいので、と如才なく訊ねる。

あわてものですぐに迷子になります、と花世が笑って、あまりに美しいのでもう少し欲しくなりました、と店先に腰を下ろした。どうぞどうぞ、と女房が、抽出《ひきだし》をいくつも抜いて、花世の前に置く。

お時は、戸惑った顔になったが、しかたなさそうに花世のうしろに立っている。

「おまえにも買ってあげるよ、おかよの分を取られるといけないからね」

なにをおっしゃいます、とお時は言ったが、まんざらでもなさそうに、抽出のなかを覗き込んだ。

「菊や梅にも買ってやろう、お兼もほしがるかもしれないね。それから今村のおばあちゃんの分も」

言いながら花世はあれこれ取り出していたが、とうとう、おまえ、えらんでおくれ、とお時に言う。

お時もつい見世に座り込んで、五、六枚を選んだ。

吉蔵が巾着から代銀《だいぎん》を出して、井筒の紋のついた布にくるんだ品物を受け取る。

またぜひにお立ち寄りを、という声を背に、時の鐘のある横丁に曲がった。

鐘楼の手前で花世は足を止めた。

いまの切付けを、と吉蔵に声をかけ、包みから裂《き》れを取り出してお時に手渡した。

「袂《たもと》に入れておおき」

お時が不審げに花世を仰いだ。

「紀憂《きゆう》で終ればそれに越したことはないが、何分にも相手の素姓も腹もわからない。万が一にもどこかへ連れていかれそうになったら、途中にこの裂れを落として行くといい」

「大丈夫でございます。門之助《もんのすけ》さまのおためにも、一日も早く、なんとかせねばなりません」

お時はしっかり答える。

「これ以上長引けば、門之助どのはお役ご免を覚悟で、柳庵に駆け込んで来られる。

ご自身の出世より、柳庵大事とお考えになるお方だ」

お時がうなずく。

「わたしは門之助どののために、なにもしていないのにと思うと、門之助どののそこまでのお気持ちを、まだ素直に受けられない。父上が門之助どのをどれほどお引き立てになったとしても、それは父上のなされたことなのだから」

「ひいさま」

強い口調でお時がさえぎった。

「わかっているよ、徳川さまのご政道は、祖先の功を末代まで受継ぐことを基《もと》としていることは。恩は末代だが恨みは一代限り、それも、私《わたくし》に報じてはならない。無法はお上が代わってご成敗下さる。その上、喧嘩両成敗だ。明らかに一方に非があっても、双方ともに処罰される……」

吉蔵がすいと近寄ってきた。

「ひいさま、道端でなさる話ではありません」

「ご政道の基を言っているだけだよ」

それでもさすがにその話はそこで打ち切って、

「今村家の大事な跡取りを預かってきたのだ。十次郎さんの弟子入りが叶《かな》うよう、しつかり話を付けてきておくれ」とお時を見返る。

承知いたしました、とお時は頼もしく応じた。

鐘楼台の下に、十次郎が立っていた。

「お待たせしました。お時が、子どものように、端裂《はぎ》れがほしいと言い出したのでねえ」と笑う。

お時は、ちらと花世をにらんでから、袂から切付けを取り出し、

「これでございますよ、おかよが喜ぶだろうと思って、つい時を過ごしました」と話を合わせる。

十次郎は、いいえ、わたくしが早く着きすぎました、と生真面目《きまじめ》に頭を下げた。

花世が、わたしはまだ伺わねばならぬ家があるので、これで、と、背を向けてさっさと歩き出したので、お時があっけにとられ口を開こうとすると、ついと戻ってきて、

「そうそう、鉄砲鍛冶職は気負いの者が多いと聞いています。機嫌を損じるとできる話もできなくなります。お時にも頭を高くしてはならないとくれぐれも言ってありますが、あなたも、ご身分が上のお武家さまにお話しになるときのように、相手とは目を見合わせないでおいでなさい。武家のご子息ということは言ってありますから、腰の低い若衆と思わせるに越したことはありません」と言うと二人に背を向けた。

十九

鐘楼横丁を出て、ひとまわりしてまた元の通りに戻る。

半丁ほど先を、お時が切付けを何枚も袂から取り出して十次郎に見せながら、ゆっくりと歩いて行く。二、三枚を十次郎の手の中に押し込んだ。おばあちゃんに、とでも言ったのだろう。

花世は、二人の跡をつけた。

吉蔵は、切付屋を出たあたりから姿が見えない。

お時は、石町の本店にまず顔を出し、向こうの出方を見た上で、鉄砲町へ行くつもりだろう。

大店ばかりが軒を連ねる石町は、銀町あたりとまた違って、女子どものそぞろ歩きや買物客などほとんどいない。中間《ちゆうげん》を従えた用人や、手代小僧を供に連れた商家の主や番頭が行き交うばかりである。まれに女もいるが、番頭や手代を二、三人も供にした大店の後家や女主《おんなあるじ》である。

武家若衆と連れ立つお時はさして目立たないが、供もつれず一人で歩んでいる女は、前後にも花世だけのようだ。まぎらわす小店もなく、たいそう付けにくい。

四丁目の榎並はもうそこである。

いい按配《あんばい》に、道の傍に稲荷《いなり》の小祠《しょうし》があった。十五、六本も並んでいる赤い鳥居のかげに小隠れする。

案の定お時は、榎並の本店の前で立ち止まった。

十次郎にここで待てというような身振りを見せ、臆せずのれん口を入っていく。

だがすぐに出てきて、十次郎に通りの向こうを指さしている。おおかた鉄砲町の仕事場に行けと言われたと、告げているのだろう。

しばらく立ったまま二人でなにか話していたが、その間に榎並の店の裏から、垂れの下がった町駕籠《まちかご》が出てきた。

町人は駕籠に乗ることを禁じられているが、榎並は職人とはいえ名字帯刀の公儀御用の鉄砲鍛冶である。ただの町人とはいえない。

駕籠の後ろに、小柄で引き締まった身体の職人体《てい》の男がついてきた。

花世は、はっとした。

——もしかすると……。

花世は、たった一度だけ、忍びに出会ったことがある。

長崎で、小太刀の師田能村《たのむら》城右衛門が、それとなしに花世にその姿を見せたのだ。雲を踏んでいるような歩き方なのに、踵爪先《かかとつまさき》はしっかりと地を蹴っていた。

——あの男も、同じような歩き方をしている。

西国には、忍びを使う大名はいないと城右衛門から聞いた。多くは徳川ご一門の小藩が抱えているのだという。無論、公儀の忍びもいるというが、どこにどんな者がいるのかわかるはずがない。

男がお時に近寄った。

お時が腰をかがめ、知り人に会ったようなあいさつをしている。昨日鉄砲町までお時を連れ出した男にちがいない。お時は昨日の非礼を詫びているのだろう。詫びことを言っているのだから、顔は上げなくともすむ。

急に男が近々とお時の傍らにより、駕籠を指さし、顔を覗き込んで背を押すようにした。

お時は、愛想よくうなずいている。

花世は、走り出したくなるのをじっとこらえた。

お時が駕籠に乗ろうとしている。

男が、十次郎になにか話しかけた。十次郎はうつむいて、視線を一間ほど向こうの地に落としてうなずいている。

男は、十次郎の肩を軽く押して、駕籠に近寄らせようとした。と、押されたはずみに十次郎がたたらを踏んだ。

間の悪いことに、ちょうどそこへ向こうから一散に走ってきた状箱を担いだ飛脚が、よろめいた十次郎に真横からしたたかぶつかった。

通行人には一切斟酌《しんしゃく》なしに大道を突っ走るのが飛脚である。あたった拍子に状箱の蓋が開いて、何通もの書状が散らばった。

駕籠舁《かき》同様、飛脚稼業は気が荒いので知られている。十次郎に向かって大口開けてわめき立てた。

十次郎は平謝りに謝っているが、飛脚は耳も貸そうとしない。居丈高《いたけだか》に、散らばった書状を拾えと言っているようだ。

十次郎は地を這《は》って拾いまわっている。

お時が十次郎と一緒に書状を拾ってそろえ、飛脚屋に手渡したが、飛脚屋の怒りはお時に向けられ、怒鳴りあげている。お時は、十次郎といっしょにしきりに謝っている。

飛脚屋は今度は男に向き直り、胸倉をつかんだ。おまえがこいつを突き飛ばしたからだというような身振りをしている。男は、飛脚の袖をそっととらえて胸から手をはずし、いかにも商家の奉公人らしく、穏やかに腰を屈《かが》め、謝っている。

——こんなことでいつまでもしつこく騒いでいたら、どんどん時が過ぎるじゃないか。

飛脚は時刻を守るのが仕事である。普通便でも一通二朱、たいそうに高い料金を取っているのだから、請け負った時刻に四半時《しはんとき》でも遅れると、料金を半分に値切られると聞いている。

大店ばかりの石町でも、そこはさすが物見高い江戸の真ん中、あまりの騒ぎにだんだん人が集まりかけてきた。どうなることかと花世もはらはらしていると、下士《かし》を二人を従えた侍が、人垣を押し退けて近寄った。

——あのお人は。

奉行所の定町廻《じようまちまわ》りということはすぐにわかるから、人垣は水をかけた雪のように消えた。

その間に飛脚は、書状をお時の手からひったくり、あっという間に駆け去って見えなくなった。さすがに時刻の遅れに気づいたのだろう。

与力は、駕籠舁になにか聞いているが、人足はしきりに手を振ったり、首を横に振ったりしている。雇われた乗物屋だからなにも知らないということのようだ。

どうやらお咎《とが》めなしということになったか、お時は駕籠に乗り直し、十次郎が駕籠脇に着いて、例の男が見送る中を、南の方角へ向かった。

二十

小柄な男は、丁重に頭を下げて奉行所役人を見送ってから、榎並の店の裏に通じる路地についと消えた。

――吉蔵は……。

花世は稲荷の小祠から通りに出て、あたりを見まわしたが、まだ姿は見当たらない。いずれ段取りはできているのだろうと、鉄砲町の方へ歩き始める。

さいわい先の駕籠は急ぐ気配もなく、ゆらゆらと進んでいる。といっても、相手は走るのが稼業だから、道を行く人々よりずっと足早である。女のひとり歩きの花世が、あまりに早足ではよけい人目に立つ。見失わないように気を張り、あとをつける。

この道を塩町の方に取って小さい堀を越えると紺屋《こんや》町である。その先は筋違《すじかい》橋、もしもあの駕籠に後ろ暗いところがあれば、番士のいる筋違橋御門を避け、紺屋町の先の和泉殿橋を渡るだろう。

駕籠は紺屋町を下ってゆく。やはり和泉殿橋を目ざしているようだ。

ここらあたりからは武家屋敷地である。

花世の実家黒川与兵衛正直《くろかわよへえまさなお》の屋敷は、和泉殿橋の真正面、屋敷の前は、通りたくない。

花世は、入り組んだ旗本屋敷の角々を足早にいくつも曲がった。黒川の屋敷には五年住んだから、江戸の道に疎《うと》い花世でも、このあたりだけは掌《たなごころ》を指すようである。

先まわりして和泉殿橋の一つ下《しも》の小橋を渡り、商家の軒下に佇《たたず》んで川上を振り返ると、駕籠は和泉殿橋を渡っているところだった。

橋の真ん中に差しかかったとき、駕籠の中から、赤い布がすべり落ちた。そのままわずかな風に乗って、ひらひらと堀に落ちて行く。

――切付けだ。

お時は、駕籠に乗るとき、袂を押さえながらちらりと後ろを振り返っていた。花世がどこかで見ていると信じて、合図のつもりだったのだろう。

後棒《あとぼう》は折よく反対側に顔を振っていたので、布が落ちたのには気づかなかったようだ。

駕籠脇の十次郎も、布には見向きもせずに、駕籠に合わせてしっかり歩を進めている。

和泉殿橋を渡り切ると、佐久間町に入った。そうなるとここからは見通せない。ためらわず花世も佐久間町へ入る。

この道は、御徒組《おかちぐみ》組屋敷の間を通って、東叡山《とうえいざん》上野寛永寺の下を抜け、箕輪《みのわ》に出る。吉原の朝帰りの遊蕩児《ゆうとうじ》どもが、山谷から広小路にぶらぶら歩きする道と聞いたことがあるが、その先は千住のはずだ。

千住は、奥州街道一番目の宿場である。

花世は、どきりとした。

――もしや、江戸の外へ……。

見通しが甘かったか。

自分だったら、ここが限度と見定めたところで駕籠から飛び降り、なんとしてでも切り抜ける。だが、乗っているのはお時だ。

上野の鐘が、七つを知らせている。

日暮れは間もない。その上に曇天である。暮れ六つ前に、遠目は利かなくなる。

――考えている暇はない。

いよいよ江戸の外へ出るようなら、声をかけて駕籠を止め、お時を奪い返すまでだ。

花世は心を決めて、駕籠との間合いを詰めた。

さいわい十次郎少年は、足手まといにならないだけの技を身につけているようだ。

ただ、あの忍者まがいの男が、どこで見ているかわからないのが危うい。

履物の緒を直すふりで道の端に寄ってかがみ込み、それとなしに前後に心をつけた。

特段の気配はない。しかし、南蛮術《なんばん》を使いこなすほどの男なら、気配を消してつけるくらいは造作ないことだろう。

立ち上がって先を見ると、駕籠が消えていた。

――しまった。

武家屋敷の真ん中を走るわけにはいかない。人目に立たぬ程度に足を早め、同朋町《どうぼう》の辻で左右に目を走らせた。

広小路に向かう道に、紫の布が落ちている。

拾おうとしたが、どこで見張っているかわからない相手が、合図の品と気づくといけない。ちらと目を向けただけで、すぐに広小路方向に足を向ける。

肴町《さかな》の三つ辻の広小路側に、また緑色の裂れが一枚。

先を見ると、立て混んだ広小路を駕籠がゆらゆらと動いている。

ほっとして跡を行く。

下谷広小路は、日本橋や石町とはまるで違い、江戸のあらゆる種類の人間が肩を接して往来している。

ことに今日は梅雨《つゆ》の晴れ間、非番の御家人《ごけにん》や江戸見物の小者、子ども連れの商人の女、雑に積んだ荷を乗せた車を曳《ひ》く男、大根や菜を頭より半間も高く背負子《しょいこ》に乗せて担ぐ百姓、行商人に大道芸人、物乞い非人、なんの稼業か花世にはわからない自堕落《じだらく》な着付けの女など、それはもうたいそうな人出《ひとで》である。紛れて楽に跡を付けられる。

それにここなら乗物屋がある。駕籠屋は、どの町筋でも辻に店を張っている。急の病人に呼ばれた医者だと言えば、ことなく雇うことができる。御禁制とはいえ、盛り場では、田舎者《いなかもの》だ足弱《あしよわ》だと言い立てて乗る町人も多いから、客待ちの駕籠もいる。

だが、肝腎《かんじん》の行き先がわからないのだ。

思いっきり尻をはしょった渡り中間や、ごろつき体の半裸の男どもが道幅を狭くしているこんな場所で、女一人で先を行く駕籠の跡を付けてくれなどと言ったら、どんな目に遭わされるかわからない。

夕刻から外出《そとで》するときはかならず若衆姿になって脇差を帯びるのだが、今日は客の家を訪ねるつもりで柳庵を出たので、町女房のなりである。当然脇差は差していない。

いざとなれば懐剣一本で切り抜ける自信はあるが、駕籠舁は荒くれ者が多い。もし追いついても、お時をかばってとなると、かなり力がそがれるだろう。

とこう考えていて、先を行く駕籠を見失っては一大事だ。花世は、そのまま跡をつけた。

広小路を通り抜けた駕籠は、上様が寛永寺御参拝の折に通られる御成道《おなりみち》に入り、黒門に向かっている。千住方面に行くのではなさそうだ。ひとまず胸を撫《な》でおろす。

しかし、まさか御所さまお血筋の門跡《もんぜき》さまがおわす寛永寺が目ざす先ではないだろうから、黒門を通り越し、不忍池《しのばず》を巡る道に入るのだろう。

不忍池まわりの道は、この少し先の牛天神《うしてんじん》前から二股に岐《わか》れ、寛永寺山下を抜ける道と池之端を経て加賀《かが》さまお屋敷前の本江《ほんごう》に出る道とになる。

山下の道は、寺の長い塀の上にかぶさるように鬱蒼《うっそう》と木々の茂る東照宮大権現の、お山の下を通る。昼間でも女ひとりで歩くような道ではない。日暮れれば町人は男でも一人の時は通らないという。池之端まわりの方はまだしも町家《まちや》があるが、それもしばらくであとは寺ばかり、その先は、加賀さまの広大もないお屋敷の塀が続く。

万一路上で無法者に襲われれば、駕籠舁は乗物を放り投げて逃げ去るかもしれない。

それどころか、人足と示し合わせておいてわざと人気のない道に入って、客を襲う悪《わる》もいると聞いている。

駕籠は牛天神の鳥居を越した。どうやら山下をまわる道を取るようだ。

暮れ方の曇り空でいっそう黯《くら》さを増した上野の森が、目の先に立ちはだかる。

お時に渡した切付けは六枚だった。残りは三枚である。だが日暮れたら落としても定かには見えまい。駕籠舁が灯りをともすのは、真っ暗闇で足もとが見えなくなってからである。

牛天神では、宵参りの男女が、まだ何人か境内《けいだい》を出入りしている。少しでも人足《ひとあし》のあるところの方がいい。

——ここまでだ。

花世は右手を懐に入れ、短刀を袋から取り出した。

二十一

「もし、そこの駕籠」

右手は懐中したまま、花世は声をかけた。

「へい」

先棒《さきぼう》が応じて、とんと息杖《いきづえ》をついて止まる。

足を止めて振り返った十次郎が、

「あ、花世さまっ」と声を上げた。

「お知り合いでやすか」

人足が訊ねる。意外に穏やかな物腰である。

「急な要用が起きました、ここまでとして虎の御門近くまで戻って下さい」

ようがすが……、と先棒がちょっとばかり不安そうに答える。

「酒手ははずみます」

それを聞いた先棒が、駕籠内に向かい、もし、お女中、戻りになりやす、と声を掛ける。

しかし、答えがない。

人足が首をひねって、花世の顔を見た。

垂れを、と命じる。

後棒が垂れをはねあげた。

お時が、顎《あご》を襟《えり》に埋めて目を閉じていた。

「――お時」

肩に手を掛け、揺すぶろうとして花世は、お時が目を閉じたまま、固く息綱《いきづな》を握っているのに気づいた。だが気息《きそく》に乱れはない。

駕籠内を覗き込んだ先棒が、

「ああ、そう言や榎並方で、客はお疲れでお寝《よ》っておしまいになるかもしれねえが、先方に着いたら、着きやしたっと大声で起こしてくれと言ってやしたっけ」と言う。

「起こしてみておくれ」

花世が言う。

「もし、お女中」

後棒が声を掛けたが、お時は身じろぎもしない。

花世が、先《さき》さまのおっしゃった通りに言ってみておくれ、と言った。

先棒はちょっと妙な顔をしたが、

「もし、お女中、着きやしたっ」と大声を出した。

とたんにお時が駕籠からころげ出た。

「ひいさまっ」

地面に手をつく。

膝においていたのか、切付けがはらはらと地面に散った。

駕籠舁は、あっけにとられた顔つきで突っ立っている。

十次郎が、ほっとしたようにその場に膝をついた。

「間に合って、よかった」

お時は花世を見上げ、ありがとうございます、と深々と頭を下げたが、すぐに顔を上げ、

「ひいさま、お早くこの駕籠を召しますよう」と言う。

そばですかさず十次郎が、乗物町の播磨《はりま》屋の奉公人と申しております、と言葉を添える。

それなら堀端の備前《びぜん》町まで、と花世が命じ、承知しやしたと先棒が勢いよく垂れをはね上げた。

立ち上がったお時が、花世の手を取って駕籠に乗せ、

「日も暮れる、人通りの少ないところは、少し急いでおくれ」と人足に言う。

合点で、と先棒が答え、とんとんと息杖をついて、軽快な足取りで歩み出した。

「じき吉蔵が来ます、お時と一緒に戻って下さい」

駕籠の中から花世は十次郎に声を掛けた。

十次郎は合点して、腰をかがめて見送る。

お時と十次郎を置き去りにして、駕籠は軽々と走り、四半時ほどで柳庵に帰り着いた。

飛び出してきた五郎三郎に、酒手を、と声を掛け、まっすぐ台所にまわる。土間に入って、水甕《みずがめ》から柄杓《ひしやく》でじかに水を飲んだ。

お兼が盥《たらい》を運んできて、濯《すす》ぎの湯を取る。

びっくりしている女たちに、

「じきお時も戻る。挨拶は後でいいからすぐに夜食の支度にかかるように」と言い、奥に入った。

居間で、ひとりで着替えをすませる。

すぐに五郎三郎が茶碗を持って入ってきた。

「どちらまでおいでになりましたので」

お山下だと言うと目を丸くする。

「吉蔵が戻ったら来るように言っておくれ」

五郎三郎が下がると、花世は書棚から江戸案内図を持ち出して開いた。

長崎から江戸に入り、和泉殿橋際の黒川の屋敷にいるころも、内科の師中山三柳《さんりゆう》の三河《みかわ》町の屋敷に通う以外は、ほとんど外出はしなかったから、五年住んでも屋敷の周辺のほかは江戸の町筋にうとい。

今日の道筋を江戸図で辿《たど》っていると、吉蔵の声がした。

「行き先がわかるまでは相手に備えられないよう、隠れていやしたが、不手際で申しわけのないことをいたしました」

「どこかにいてくれると思っていたから安心していたよ。ただ、他人《ひと》さまの大事の跡取りさんに、もしものことがあったら申し訳が立たないからね」

吉蔵はうなずいて、また頭を下げた。

「二人にはどこで出会った」

「あのときわっしは、牛天神の境内で様子を窺ってやしたので、すぐに」

「あの駕籠屋は、大伝馬町で名の通った播磨屋の人足だそうな。榎並からは鶯谷霊《うぐいすだにれい》妙《みょう》寺近くと行先を告げられていたということだった」

「榎並の寮が、鶯谷霊妙寺近くにあるそうで」

「その寮に二人を閉じ込めて、客人と引き換えにしようという魂胆《こんたん》だったろうか」

吉蔵は、首をひねった。

「そのあたりがいま一つ落ち着きません。そんな無法をして、かりに柳庵が、榎並が狼藉《ろうぜき》に及んだと訴え出れば、奉行所に踏み込むきっかけを与えることになりやしょう。

町奉行の手に負えなければ、目付に訴えることもできます」

公儀御用を勤めるといっても、本来職人の身分である、町奉行の支配下にあるはずだが、武家同然の格を誇っているからには、町方役人が踏み込めるものかどうか、花世にもわからない。

「おまえが跡をついてくる間、例の南蛮術の男かだれか、あたりにいる気配はなかったかえ」

「わっしの勘がその男を上まわっているかどうかあまり自信はありませんが、なんの気配もなかったように思います」

どんなに気を張っていても、一時《いっとき》もの間にはふっと気が抜けて、気配をあらわすことがあるはずだと言う。

「いや、あの男は忍びかもしれないから、それはわからない。おそらくついて行く要がないと思っていたのだろう。だがどうして、お時を術にかけてまで鶯谷に送ることにしたのか」

吉蔵も首をかしげる。そこで思い出したように、

「それはそうとひいさま、六助は門之助さまのお役宅にお世話になっていると、例の連中が調べてきやした」と言う。

「門之助さまのお役宅に……」

まさかの話に、花世も仰天した。

「門之助さまのお袋さまが、この時節で足腰が痛み、薪割りができなくなったと聞いて、前《さきの》長崎奉行ゆかりのお方が、男衆をひとり、お貸しくださったという話だそうで」

「なんとそれは、また……」

花世は、絶句してしまった。

「奉行所には届け出ているから心配ないとのことで、お袋さまもたいそう喜んで、頼りになさっておいでとか」

「お喜びになるのはいいけれど、お役所には、たしかに届け出ておいでなのだろうねえ」

奉行所役人にかぎらず、幕府の下級役人が貸与されている役宅や組屋敷に、家族以外の人間を入れることは厳禁されている。たとえ親兄弟であっても、あらかじめ届け出て、間違いがないことが確かとなってはじめて許されるのだ。

「いずれ細工をしたのは奉行所でしょうから、その点は案じることはないと思います。はじめの一晩二晩は奉行所に留め置いたでしょうが、長引いて荷物にもなってきたので、知恵者が思いついたか、そのあたりはなんとも……」

「それでも内々にもなにも言っておいでにならないのは、いかにも門之助どのらしいが……」

お兼には話してやったかえ、と尋ねる。

ひいさまに申し上げてからと思いまして、と吉蔵が答えた。

「お時から言わせるといい。けれど下女子《しもおなご》たちには、ずっと下総《しもうさ》だと思わせておいた方がいいね」と言って、

「それにしても十次郎さんは、気の毒な目に合わせてしまった。なんといって帰したえ」

「幸兵衛長屋までわっしが送って行き、老人には、ちっと手違いができて今日は話が通らなかった、二、三日うちにはかならず、と言っておきました」

そう言っておくしかないねえ、と花世が答える。

「十次郎というお子は、祖父《じい》さまの代からのご牢人暮らしと聞いていますが、たいそう賢い、腹の据わった若衆ですな」

「職人になどならず、やはり家の名を興されるのがいいように思ったよ。ことが片付いたら、門之助どのにもご相談しよう」

襖《ふすま》の外で、お灯《あか》しを、と遠慮がちな菊の声がした。

そういえばだいぶ前に暮れ六つが鳴って、あたりはすっかり暗くなっている。

「いまにも降りそうになってきたね、あすまではもつまい」

花世が言うと、吉蔵が顔を引き締めた。

「降り出せば忍び入るのが容易になります。守りを厳しくせねばなりません」

「だがいまだに相手が見えない。暗夜の闘いは、恐怖にかられて先んじて突っ込んだ方が敗れると、お師匠さまがお教え下さった。お師匠さまがここにおいでになれば、これからは相手を先に動かせと言われるだろう」

吉蔵は、黙って頭を下げる。

「それにしても、こんどの一件では、ずいぶんおまえのところの人間の世話になっているようだが、まちがっても、お奉行所の手に落ちるような危ない目にだけは、遭わせないようにしておくれ」

ご心配なく、とだけ吉蔵は答えた。

「昨日お時を呼び醒ました薬箱持はまだしも、今日の飛脚は、奉行所役人の前でのことだ、危うかったのではないかえ」

吉蔵は、首をかしげ、

「いえ、あれはわっしの手配ではありません。本物の飛脚かもしれません。石町には飛脚宿がありますから」

たしかに、石町の三丁目には飛脚宿がある。

「それなら折がよかったのだ。十次郎さんがあれほどしっかりしているとは思わなかったが、術を懸けられたとしても、あの騒ぎなら十分醒めたろうよ」

そこへ、お夜食でございます、とお時の声がしたのをきっかけに、わっしはこれで、と吉蔵が下がっていった。

第四章　深夜の侵入者

二十二

昨夜と同じように、膳から先にそろそろと入ってきたお時は、

「またも不始末をいたしました」

深々と頭を下げる。

「なかなか追いつけなかったので、おまえたちに怖い思いをさせてしまった。詫びを言うのはこっちだよ」

「とんでもございません、ひいさまをお信じ申し上げておりますから」

「だがおまえ、わざと術にかかったね」

花世《はなよ》が言うと、お時が身を縮めた。

「おまえの気持ちはありがたいが、生兵法《なまびょうほう》は大怪我のもとという。駕籠《かご》屋がまっと

うな店の奉公人でなかったら、とんでもないことになっていたかもしれない」

「いいえ、十次郎さんはたいそうしっかりしておいでで、わたしが駕籠に乗る前に店の名を尋ねていたのを聞いていましたので、一か八か、あいつの目を見ておきました」

おかげでたいそう心地好く眠れました、ほほほ、と笑う。

笑い話ですんでよかったけれど、おまえにはほんとうにかなわないよ、と花世がまた吐息をついた。

お時は、まずお膳をと卓の上を調え、またもお粗末でございます、と頭を下げる。

「ずいぶんよく歩いたから、どんな膳でも食べられるよ」

今夜は鯉を出汁溜《だしたま》りで味をつけた汁に仕立てて、山椒《さんしょ》の粉を振りかけてある。切り身に、じっくりと味が染《し》みている。たいらぎの山葵和《わさびあ》えの鉢、そのほかに、細かく刻んだものがいろいろ入っている小鉢がついていた。

「これは台所方でいただきますもので、本来は奥にはお出しできないものでございますが、本日はお菜《さい》が少のうございますので、たまにはこんなものも、と思いまして」

ごぼうや山芋、人参などを刻んだものに、銀杏《ぎんなん》、楊梅《やまもも》、小梅などの木の実、青海苔《あおのり》やおごのりなどの海草もはいっている。昆布や梅干で味をつけ、生姜《しょうが》や茗荷《みょうが》で辛《から》みと香りを出した漬物だという。

わたしが六つの歳《とし》におまえが来たというのに、いままで一度も味わったことがない、と花世が言うと、

「それはそうでいらっしゃいましょう、わたくしもこの歳になって、はじめていただきました。御身分あるお屋敷では、台所方でも食するものではないようでございます。ですが内の男衆は、これだけで二杯も三杯もごぜんを替えます」

お時が笑う。この春から柳庵に住み込んだお兼が、作ってくれるのだという。

食後の茶を持ってきた五郎三郎《ごろさぶろう》が、

「客人の傷は、もうほとんど固まっております。夜食の鯉の汁に無尽漬《むじんづけ》が口にあったようで、あっという間に食べ終えました」と言う。

無尽漬……、と花世が不審そうな顔になると、お時が、ただいまの漬物のことでございますよ、台所にあるものはなんでも無尽に漬け込むからとも、無尽蔵にいろいろのものが出てくるからとも申しますそうな、と解く。

季節によって、竹の子の柔らかい皮、ほんだわら、蓮根などもいいし、陣皮《ちんぴ》、杏仁《きょうにん》、桃仁《とうにん》などを入れるといっそう食がすすむと、お兼が言っているそうだ。そんなものなら五郎三郎に言って、いくらでも出してお貰《もら》い、と花世が笑った。どれも、和漢の煎《せん》薬《やく》に一番よく用いられる材である。

「吉蔵からも大体のところは聞きあげたが、一通り話しておくれ」とお時に言う。
うなずいて、お時が話しはじめた。

花世が推測した通り、十次郎の目見得《めみえ》を口実にするつもりで石町《こく》の本店を訪ったと
ころ、昨日の男が出てきて、主《あるじ》は客があって鶯谷《うぐいすだに》の寮に出向いている、折よく駕籠
が戻ってきたからこれで行くようにと言った。その言い方で、男が榎並《えなみ》の二番番頭く
らいの立場で仕切っているなと思った。
「駕籠と聞きまして、はじめちょっとどきっといたしましたが、ひいさまが、かなら
ずどこかで見ていて下さると思っておりましたから」
それに、十次郎さんが存外にしっかりしていることがわかりましたので、と言う。
「日本橋播磨《はりま》屋といえば、江戸一の乗物屋でございます、まず一安心いたしました」
宗仙の見舞いついでにもう一度榎並に行くかと花世に問われたとき、男の術に懸ろ
うと心を決めたのだという。
「ひいさまが、術に懸らない法をお教えくださったので、それを逆に使えば懸ると思
いまして」
お時がさもうれしそうに笑う。

おまえには所詮勝てないよ、とまた花世が吐息をついた。

突然飛脚がぶつかって来たときは、昨日の薬箱持とおなじに吉蔵の手配りと思っていたが、あまりにおそろしい剣幕なので、本物かもしれない、気の荒いのが飛脚屋の常だ、どうしようと思ったところへ、折よく定町廻《じょうまちまわ》りの役人が通りかかって駕籠屋から話を聞いているうちに、飛脚は走り去ってしまった。

行き先は鶯谷とわかったが、花世に知らせる手立てが思いつかない。術に懸ってしまえば自分の思う通りには動けないのだろう。行く道で切付《きりつ》けを半分十次郎に渡しておいたので、なんとかしてくれるかもしれないと、駕籠に乗った。

男が、お気をつけてとかなんとか言ったので、振り向いたとき、じっと顔を覗《のぞ》き込まれた。ひるまず男の目を見返すと、急にふうっと眠りに引き込まれる直前のような、いい気分になった。少しだけ辛抱《しんぼう》しようと気を張って駕籠に乗り、上野辺は久しぶりだから広小路の賑わいを見物したい、ゆっくり行っておくれでないか、用事はすぐにすむので、待っていてもらえば戻りの酒手ははずむと言ってみると、駕籠舁《かき》は二つ返事で、のんびり歩み出した。

「筋違《すじかい》橋を通ったとき、一枚切付けを落としました。ひらひらと堀に落ちていったようで、ひいさまがご覧になっておいでですようにと念じたところからあとは、覚えがございません」

駕籠が妙にのんびりと行くと思ったのは、お時の智恵だったのだ。

「佐久間町で辺りを窺っている間に、一度駕籠を見失った。だが同朋《どうぼう》町の角と、広小路へ行く三つ叉《また》の辻に落ちていたよ。あれは十次郎さんが落としてくれたんだねえ」

十次郎さんのおかげで助かりました、とお時は、いまさらながら身震いする。

「妙なことに、おまえは息綱《いきづな》をしっかり握ったままで、昏々《こんこん》と眠っていた。確かに切支《し》丹《たん》の術だねえ」

花世は自分から禁句を口にして、

「ちょっと客人の顔を見てくる。台所方の夜食がすんだら、吉蔵といっしょにきておくれ」と言って、五郎三郎とともに居間を出た。

二十三

渡り廊下へ出ると、中庭の踏み石が濡れている。音もなく降り出していたらしい。五郎三郎に、夜中《やちゅう》、なにか起こるかもしれないが、客人はけっして危うい目には合わせない、騒がずにいておくれ、と小声で言う。

承知いたしました、とやや固い声が返ってきた。

病間では男が夜具を脇にたたみ、煎薬の碗を手に、たいくつそうに座っていた。花世が入ると、あわてて座り直し、深々と頭を下げる。顔色にも張りが出て、右腕をすっぽり覆っていなければ、養生をしていると思えない。

「すっかり元気が出たようですね、あと二、三日したら、普段通りのことができます」

五郎三郎が、今日は午《ひる》からお兼さんが、体を拭《ぬぐ》ってくれました、と言う。

それはよかった、と言いながら花世は、男の真正面に座した。

すると男は、なぜか居心地が悪そうに、もじもじと座をにじる。

花世は昨夜のように、男の顔にまっすぐに目をあてた。男は、ますます困惑したように目をそらせる。

かまわず花世は、男の目を追いながら話し続けた。

「いままであなたの身の上はなにも聞かず治療だけしてきましたが、普段の暮らしができるようになれば、いつまでもここにいるわけにはいきません。もとの仕事場に戻らなければならないでしょう。どうしますか」

男は、はっとして花世の顔を仰ぎ見る。

花世はすかさずその目をとらえた。

「常は柳庵では、縁あって治療した方の身分や名を聞きません。ですが、ここまで長くなると、名無しでは不自由です。あなたの名を知っても、柳庵は、あなたが困るようなことはけっしてしません」

男は幼子のように、こっくりする。

あす朝また来ます、と言って、頼んだよと五郎三郎をかえりみて病間を出た。

前の廊下に、吉蔵が座っていた。

居間に戻り、一昨夜のように灯のもとに三人向き合う。吉蔵が、

「ひいさまは、南蛮《なんばん》術を会得《えとく》なさっておいでしたか」と言う。

「滅多なことを口にするんじゃないよ。せっかく六助の心配がなくなったのに、こんどはわたしがお奉行所に留め置かれてしまうではないか」

さっき自分が切支丹術と言ったのを忘れたように、花世が大まじめに言う。

吉蔵も苦笑した。

「ですがいま、客人にお懸けになったのでは……」

「違うよ、わたしに解けるかどうか、試してみたのだ」

「解ける、とおっしゃると……」

花世は、うん、と少し間をおいてから、語り始めた。

「昨日お時の話を聞いて、もしかするとあの客人は、南蛮術を懸けられて口が利けなくなったのではないかと思ったのだよ。生まれつき口が利けないのなら、もっと身振り手振りを使って、思っていることを伝えるはずだからね」

なるほど、と吉蔵がうなずく。

「術を懸けられ湯火に手を入れたのかとも思ったが、腕には湯を掛け、手首から先は火に突っ込むなどというところまで、術で操ることはできないだろう。自身の強い意思で、利き腕を役に立たなくしたのだと思う」

「なんのためにそのようなむごいことを……」

お時がつぶやく。

「それがわかれば、今度の一件は解ける。すべての緒《いとぐち》はあの客人だ。だがひょっとすると、あの客人は、いまは自分でも口を利きたくないのかもしれない」

花世の目を見ないようにしているのは、自分でもそれとはわからずに、術が解けるのを恐れているのではないかと、花世が言う。

「だから、あと二、三日で柳庵を出なければならないようなことを、言ってみたのだが」

二人とも、首をひねるばかりである。

急に、雨音が強くなった。

「本降りになってまいりましたね」

お時の言葉に、吉蔵が、悪い兆《きざ》しだ、とつぶやいた。

「この降りに紛れ、かならずやって参りやす」

ごめんなすって、とそそくさと座敷を去った。

「客人を、攫《さら》うつもりでしょうか……」

お時が不安そうに訊ねる。

「わたしが長崎で修業した蘭方医《らんぽう》だから、術を解くことができるとおそれているのかもしれない。口が利けるようになって、ことの根元が明らかにされる前に奪い返さなければと」

「奪い返して……」

「利き腕が使えないのだ、鍛冶としてはもう役には立たないからね」

お時の顔から血が引いた。

「わたくしが、のぼせ上がって要《い》らぬことをしたために……」

「いや、おまえの勇気のおかげで、やっと緒がほぐれてきたのだ、礼を言うよ」

「そ、そのような……」

お時は、泪声《なみだごえ》で頭を垂れた。

「いつも言っている通り、わたしは柳庵を訪れた客人に、邪《よこし》まな人間に指一本触れさせはしない」

花世は、きっぱりと言う。

「ところで、今村一家のことだが」

「さ、さようでございます、お年寄りが……」

お時が腰を浮かせる。

「助蔵を幸兵衛長屋にやって、口実を――そうだ、いつもおかよが眠くなるまで遊んでくれる六助が、このところ下総《しもうさ》に行って留守なのでさびしがっている、今宵は雨もひどくなりそうだ、おばあちゃんと二人、泊まりに来てほしいとでも言って、すぐ連れてくるように。それから吉蔵には、近くだが途中なにかあってはいけない、お年寄りには気づかれぬよう、守っておくれとお言い。十次郎さんはなにかを察しているはずだ、とこう言わせずおばあちゃんを連れ出すだろう」

かしこまりましたとすぐさまお時は出ていった。

二十四

奉行所が、吉蔵の推測のように客人を囮《おとり》にしているのであれば、奪わせておいてから、男とその一味を捕らえにかかる。だがその時には、客人の命はないものと思わなければならない。

——なんとする。

花世は、目を閉じ、道を探った。

処し方を過《あやま》てば、門之助《もんのすけ》の身上にも関わる。

——それどころか……。

あの固い門之助のことだ、とんでもない覚悟までしているかもしれない。

考えがまとまらぬうちに、吉蔵の声がした。

「二人して喜んでやってきました、おかよもはしゃいでいます」

「せっかくのみやげの切付けがだいなしになった、あすにでもまた買ってこようよ」

花世はほほえんだが、すぐに顔を引き締めた。

「あの男は、わたしが多少は剣を扱えると思っているかもしれないが、おまえたちのことには気づいていないだろう。だから柳庵の備えを軽く見て、人数をかけては来ないと思う。だがいずれにしても柳庵の内で騒動になっては、女たちが脅える。その上屋敷地の狭い町中だ、騒ぎはそのまま近隣に洩《も》れる。そうなれば、人を救う医者として、面目《めんぼく》が立たなくなる。なんとしたものか」

吉蔵は、しばらく黙っていたが、

「外へおびき出すという手もないこともありませんが、今夜はそれで済んでも、またあすということがあります。どうやら、一晩で片のつくという話でもないようで」

「それなら今宵は相手次第としよう」

吉蔵はうなずいて下がった。

雨音が強まり、風も加わってきたようである。

お時が入ってきた。夜具を抱えている。

「おかよは寝たかえ」

「おばあちゃんと寝ると言って聞かないので、わたしの部屋を明け渡して参りました」とほほえむ。

「くせにならないかねえ」

花世が心配そうに言うと、

「町人の子は、まだまだ母親が添い寝している歳でございます、十次郎さんが住み込みで修業に出たら、おばあちゃんに、おかよの守《も》りに柳庵に来てもらうのもよろしいのではございませんか。お梅では、母親代わりにはなりません」

そういうこともあったのだねえ、と花世が吐息をついた。

「わたくしがおそばに上がりました時のひいさまよりも、おかよは幼いのでございますよ」

花世は、そのお時の言葉にふとゆるみかけた心を素早く押しやって、

「今夜こそ、夜半過ぎにかならず何者かが屋敷内に入り込む。でも、心配しなくていいよ」

大丈夫でございますよ、とお時は胸をたたく。

おまえが請け合うとどういうわけかいつも騒ぎが大きくなる、と花世はつい笑った。

ともかくもおやすみなさいませ、と夜具を調え、袴《はかま》を昨夜のように畳んで、お時は境の襖《ふすま》を閉めた。

夜具の上に座して、気をじっと外に向けてみた。

時折風が吹きつのり、雨声がどっと強まる。

だが、特に邪悪な気は感じ取れない。

――まだ、夜は浅い。

朝まで眠らず気を張っていては、明日《あした》の客の応対に障る。吉蔵たちは、二晩や三晩眠らないでも、どうということはないらしい。

――しばらく預けて、眠ろう。

目を閉じる。

だが、常になく眠りに入ることができない。

おかよはまだ、母親が添い寝する歳だと言ったさっきのお時の言葉が、なぜか頭から離れない。自身の幼い姿が、瞼《まぶた》の裏に浮かぶ。

花世は、母の温もりも、その顔さえ知らない。

身分ある武家の子は乳母が育てるから、母親と同じ屋敷内に暮らしていても、いずれ肉親の肌の温もりなど知らずに成長する。長崎には単身赴くのが幕府役人の定めなので、外腹《そとばら》の花世も父と同じ屋敷には住めず、広壮な別宅で五千石の姫として、大勢の女中にかしづかれて暮らしていたが、毎日のように乳母や老女に伴われて奉行役宅の奥に入り、父の帰りを待って膝に乗った。

江戸に出てはじめて、五百石の旗本の娘でも、あれほど男親に近く暮らすことはないのだと知ったのだ。

父与兵衛《よへえ》が江戸勤務中、病《やまい》を得たとて致仕《ちし》した時、花世は、出島商館の阿蘭陀《おらんだ》医に医術を学ぶと言い張って、その後三年もの間、江戸に入らなかった。

——父上は……。

お寂しかったろうか。

いまさらに思う。

それにしても、おかよの両親は、どこでなにをしているのだろうか。

——ひょっとすると、ときにはこのあたりに来て、そっと様子を見ているかもしれない。

ますます、目が冴えてくる。

剣の師田能村《たのむら》城右衛門は、眠らねばならぬときに直ちに眠りに入れるのが、剣の修業の第一歩じゃ、と言った。

——未熟者だ。

内科の師中山三柳《さんりゅう》が、患者が眠れぬ時、同じ間隔で水滴が落ちるように栓を工夫した桶《おけ》を枕許に置き、盥《たらい》が受ける滴《しずく》の音を病人が数えているうちに、眠りに入るという仕掛けを家の者に教えていたのを、思い出した。

——雨声が、その役を果たすはずだ。
気を整え直す。
目を閉じた。
やがて、雨音も聞こえなくなった。

床《とこ》の土圭《とけい》が、チンと鋭い音を立てた。
九つである。
風はおさまったが、たたきつけるような雨音が響く。
静かに起き上がり、正座して気を整え、目を閉じる。
ゆっくりと気を屋敷内に一巡させる。
特に異常な気配は感じ取れない。
身体《からだ》を横にして、ふたたび眠りに入る。
半時《はんとき》ほども経ったろうか。
夢現《ゆめうつつ》の間に、雨音に不規則な乱れが生じたと感じた。
直ちに袴を着け、脇差を手にする。
襖の向こうで、お時が身じろぎした。

「静かに表方に行って、客人のかたわらにいておくれ、助蔵と五郎三郎がいるはずだ。渡り廊下の縁の下や中庭には、吉蔵が人数を手配りしている。危ういことはない。病間の障子《しょうじ》窓の外の植え込みにも潜ませてあるはずだ」

承知いたしましたと、お時が声をひそめて答え、音もなく出ていった。

片膝をついて耳を澄ませる。

表方の屋敷外と、ここ居間の近くの塀際で、雨声にかすかな違いがある。

——屋敷内には、まだ入っていない。

重い客人を預かっているとき、常夜灯として病間に点《とも》しておく短檠《たんけい》の灯が、中庭に薄く洩れ、目馴れればあたりはかなりよく見える。

病間から洩れるわずかな光に、白く写し出された雨の糸が、切れ目なしに中庭に落ちかかっている。

表方の廊下の一番端が、納戸《なんど》である。

杉板の引き戸の前に、五郎三郎が座っていた。

花世を見ると、黙って頭を下げ、納戸を指さした。

軽くうなずいてそのまま通りすぎ、病間の前に立つ。

「変わりないかえ」

常の声で尋ねる。

「ございません」

中からお時の声がした。

花世はそのまま病間を通りすぎ、玄関式台の手前ですばやく身を翻《ひるがえ》した。

病間の襖をいきなり押し開ける。

襖ぎわにいたのか、お時が廊下に転げ出た。

障子窓を押し開け、いましも座敷に入ろうとしている男の頭が、薄い灯に照らされた。

「狼藉者《ろうぜきもの》」

花世が、低いがずんとこたえる声を、腹の底から発した。

男の頭が、瞬時に窓から消えた。

ぴちゃぴちゃ水をはねかえす音がする。

「追うな」

障子窓の下で、吉蔵の低い声がした。

それきり、外は静まり返って、雨声だけが轟《とどろ》く。

ふたたび三人は、花世の居間でいっそう低くした灯《あか》しを囲んだ。

「二人か、三人か」

吉蔵は、二人と思いますが、その他に例の男がいても、わっしらには……、と言う。

「跡を追えば、どこへ入るかわかったかもしれない」

「あれだけのことを仕掛けるやつらです、まっすぐに塒《ねぐら》に入るはずはありますまい。かえってこっちの備えを計られます」

そうだろうねえ、と花世が吐息まじりに言う。

「ですがわっしの言うことをきかないやつも一人や二人はいます、目処《めど》はつくかもしれやせん」

吉蔵の言い方に、花世はつい笑ってしまった。

「それにしても、前もってなにも言っておかなかったのに、みなよく凌《しの》いでくれたね」

お時の知らせを聞いて、助蔵が客人を納戸に移し、引き戸を閉めて外から錠を下ろした。納戸は、三方漆喰《しっくい》壁である。廊下に五郎三郎が控え、万一を思って助蔵は奉公人の寝間にまわり、お時だけが病間に残ったのだという。

納戸には、めすをはじめ、外科治療に用いるさまざまの用具や、強い効果を持つ南蛮薬がおいてある。だから常に錠を掛け、鍵は五郎三郎が腰から下げていて、寝る間も放さない。花世も必要な品がある時は五郎三郎に言って、例の帳面につけるようにしている。

「お奉行所は町屋《まちや》として、これほど堅固な隠れ処《ど》はない。

「柳庵の近くには出張《でば》っていたのだろうかね」

「柳庵の近くにはおりませんでしたな。おそらく、当てをつけた場所で待ち受けていたのでやしょう」

「捕らえたろうか」

「いかに夜中《やちゅう》とはいえ、急の主用で外出《そとで》しているかもしれない侍を、町方がむやみに捕らえるわけにはいきません」

一瞬だったが、あの身ごなしはかなりの鍛練を積んだ侍である。常に主君の身辺警護にあたる、供番とでもいうような身分かもしれない。

「さて、明日だが」

もう一度、榎並に参りましょうか、とお時が言う。頼みごとをしながら中途で戻ってきてしまったのだ、理屈からいえば、そうしなければならない。

吉蔵はしばらく考えていたが、

「こんどこそ、町中《まちなか》の大店《おおだな》でも斟酌《しんしゃく》しないでなにかをやらかすかもしれません。助蔵をやって、断らせましょう」

折よくひいさまが、用件ができたのでと駕籠を戻されておいでです、十次郎さんに仕官の口ができたといえば、文句は言えないはずで、と言う。

それならこれからあとも、しばらくは出方をみようと花世が言って、吉蔵は下がり、お時も、おやすみなさいましと境の襖を閉めた。

第五章　禁断の南蛮術

二十五

　翌朝、少し残っていた雨が、六つ過ぎにはすっかり止んだ。

　昨夜は雨音が大きかったからか、女たちはなにも気づかなかったようだと、朝粥《あさがゆ》を給仕しながらお時が言った。それはなによりだったと花世《はなよ》は、

「そういえば、昨夜の雨で、梅の実がだいぶんに落ちてしまったね。その前にお兼たちに拾わせて、梅漬にと言うつもりだったのに、この騒ぎでそれどころではなくなったねえ」と、庭を見ながら言う。

　お時が毎日のように花世の供で外出《そとで》しているので、花世が表方で客に応対している間に、菊が掃除に入るだけで、だれも梅の実にまでは気がまわらないのだ。

　雨が上がっても道がぬかっているから客は少なく、花世は午《うま》の刻過ぎには奥に戻っ

た。

小昼《こびる》をとっていると吉蔵が来て、朝早くに屋敷の周囲をひとまわりしてみたが、あの大雨で足跡も定かではなくなっていた、ただ、表門に張りついて中を探っていたらしい泥足の跡が一つだけあったと言う。

「柳庵《りゅうあん》は武家風に作ったつもりだったが、外囲いは町屋《まちや》だ、どこからでも楽々と忍び込める」

「午前《ひるまえ》に助蔵を榎並《えなみ》にやりましたところ、手代《てだい》風の中年の男が応対に出て、それはようございました、主《あるじ》に伝えますと言ったそうで」

また一から出直しでございますな、と吉蔵が言う。

「おまえの言うことを聞けない男たちは、うまくやれたのかえ」

笑いながら訊《き》くと、吉蔵は、なにしろあの大雨で、幸町広小路手前で見失ったそうで、とまじめな顔で答えた。

やはり幸町か、と花世はしばらく考えていたが、今日はまだ客人を見舞っていないと言って、病間に向かった。

夜具の片付いた座敷の隅に座していた男は、花世を見ていつものように左手をつかえた。

「昨夜は大雨にまぎれて盗《ぬす》っ人《と》が屋敷内に忍び入ったようだったので、迷惑を掛けました。さいわい屋内には入らず逃げて行きました。柳庵は医家ですので、お客方に堅苦しい思いをさせないよう、牢人などは雇っていませんので、一見手薄に見えますが、まさかの時の用心に、屋敷の外に屈強な人数を確保しています」

男は、今日は花世の視線を避けずに見返して、話を聞いている。

これからも少しも心配はいりません、と花世が言うと、頭を下げ、五郎三郎《ごろさぶろう》を振返って、字を書く手振りをした。

すぐに五郎三郎が紙と矢立てを渡す。

男は、左手で筆を持った。

右腕には、大分と薄桃色の皮膚が張りはじめてきているが、火の傷を負った手首から先は、掌《てのひら》が開いたままで、指は動かし難そうである。

あの日、五郎三郎に指を一本ずつ引き離させながら冷やしたので、指と指がくっついてしまうことだけは避けられた。だがこれから先、どんな治療を施しても、指がうまく使えるようになるかどうか、花世にも自信はない。

筆を持ったまま、男はしばらくためらっていたが、やがて、

ありがとうございます　わたしの名は
かん五ろうと　いいます

と書いた。

「かん五ろう……さんですね。奉公先の屋号は」

花世の問いに、男は、眉根を寄せてうつむいた。

「けっこうですよ、名を知らないとなにかと不便ですが、どこのお店《たな》の奉公人かわからなくても、治療には差し支えありません。いま診《み》たところでは、もう少し身のまわりのことが左手でできるようになるまで、ここでゆっくりしている方がいいようです。なにしろ町医者には過分の薬礼を、前払いしていただいていますから」

男は、ほっとしたように筆を放してまた手をつかえた。

奥に戻ると、吉蔵が待っていた。

「名は、かんごろうというそうだ」

「かんごろう……。どんな字を書きますので」

「五は数字で書いたが、あとはかな書きだった。左手では書きにくいからだろう」

吉蔵は、黙っている。

「屋号や親方の名はまだ言いたくないらしい。まだしばらくここにいたほうがいいと言ったら、安心したようだ」

吉蔵が、客人の立場は少々見えてきましたが、背後がかいくれわかりませんな、と言う。

花世はうなずいて、

「門之助《もんのすけ》どののお役宅へ、お兼に六助の着替えを持っていかせよう。今日は雨も止んでいるが、あすまた降り出すといけないからね」

吉蔵はしばらく考えていたが、

「道案内かたがた用心棒に、助蔵をつけましょう」と言う。

奉行所役人の役宅は、両国橋を渡った深川だから、お堀近くに住んでいるものには不案内な土地柄なのだ。

お時を呼んで、下女子《しもおなご》たちには行き先を知らせず、わたしの使いだと言って出しておやりと言う。門之助さまにお言付《ことづ》けは、とお時が訊いたが、花世は、

「言付けはない方がいいだろう、お兼の見たままを言わせるがいい」と言った。

そこへ助蔵が、妻木さまのお使いがみえましたと言ってきた。

この天候でしばらくご遠慮申し上げておりましたが、本日は若さま非番でいられま

すゆえ、お差し支えなくば、またご高説を伺いたき由にございますとの口上だと言う。

「そうだった、取り込んでいてすっかり忘れていた。先月、月が改まったらまたお越し下さいと言った覚えがある」

花世の父黒川与兵衛《くろかわよへえ》と同役だった妻木彦右衛門の嫡男《ちゃくなん》が、この春以来、花世に長崎の話を聞きに折々訪れる。彦右衛門は、二年長崎奉行を勤めただけで帰府し、いまは勘定頭の要職にある。五百石の目付に戻った父与兵衛に比して、家禄《かろく》と合わせ四千石、幕閣枢要《すうよう》の顕官《けんかん》である。

だが、子息は、父親とは別の生き方を求めているらしい。ゆくゆくは長崎に赴き、阿蘭陀《おらんだ》商館付きの医師に学んで蘭方医《らんぽう》になりたいと、花世の話を聞きたがるのだ。

「困ったねえ、重い怪我人を預かっているからと言って、少し延ばしていただくほかはないね」

吉蔵が、助蔵に、門之助の役宅へお兼さんをやるとひいさまがおっしゃる、道案内してくれ、と言うと、

「お奉行所の組屋敷は、本所二つ目橋の際でございますから、場所を間違うことはございませんが、おなじような役宅がたくさんございますし、川向こうは人気《にんき》も違います、お兼さんひとりでは心もとないでしょう」と、飲み込んで下がっていった助蔵が、

すぐまた戻ってきた。

「妻木さまの若さまがお玄関にてお待ちでございます。いかがしましょうか」

いかがといって、元服したばかりとはいえ、勘定頭の嫡男で小姓組五百石取りの若殿を、門前払いにもできない。

「客間でお待ちいただくように」

読みかけていた蘭語の医学書を書見台から取り上げ、居間を出た。

二十六

一時《いっとき》あまりも経って、花世はようよう居間に戻った。

いつものように、傅役《もりやく》の横山甚左衛門が従っていた。若殿は、花世が持ってきた蘭語の書物に目を輝かせ、触ってもようございますか、と訊く。どうぞと差し出すと、恭《うやうや》しく受けて、そっと表紙を撫《な》でさすっている。それからおそるおそる開いて丁を繰り、一字も読めませぬ、とたちまちにべそかき顔になった。

「すぐお読みになれますよ、はじめて論語をお習いになったときと、おんなじでございます」

「花世さまは、どれほどでお読みこなしになりましたか」

真剣なまなざしで訊く。

「そうですねえ、わたくしは長崎で生まれ育ちましたから、蘭語を多少は聞きかじっておりましたゆえ」

若殿は、唇を嚙みしめた。

「ですから、父上は愚かだというのです。あと二年でも長崎においでくだされば、わたしも幼少のおりから遊学することもできましたのに……」

甚左衛門が、お父君を悪しざまにおっしゃっては、わたくしが腹を切らねばなりませぬと、何遍申し上げたらおわかりになるのです、ときびしい口調で言う。

「よいではないか、真実を語っているのだ、おまえはいつも、人は真実を語らねばならぬと言っているではないか」

花世がほほえんで、

「ですが若さま、旗本のご嫡男は、どんなに幼くいらしても、お父上が任地においでになる間は、お江戸を離れることはできませんよ」と言うと、すぐまたしょげかえった。

花世さまは女性《にょしょう》でいらして、羨《うら》ましゅうございます、とうつむく。

そんなこんなで、花世が一丁からすこしずつ訳語を教えると、甚左衛門までが懐から帳面を取り出して書き付け、つい時が過ぎたのだ。

待っていたお時の顔を見て、思い出した。

「大変だよお時、昨日も一昨日も、村松さまの見舞いに伺っていない。これからすぐに……」

「いいえ、五郎どんがおとつい、客人の見張りを助蔵どんに頼んで、伺っています。たいそうご機嫌がよいということでしたよ」と笑う。

わたしは駄目だねえ、ひとりではなにもできない、と花世がまたも吐息をついた。

「いえいえひいさま、ひいさまはなにもかもおひとりで背負い込もうとなさいます。なんのために吉蔵どんやわたくしが、はるばる長崎からお供してまいったかを、お考えなさいませ」

「けれどわたしは、おまえたちに世話をかけるばかりで、なにもしてやれない……」

「ひいさま」

なにを思ったかお時が、居ずまいを正した。

「一度申し上げようと思っておりました」

花世は、つられて思わず座り直した。

「門之助さまが、お父君黒川与兵衛さまにお引き立ていただいたご恩ゆえ、いまだにひいさまにお心を遣われておいでだと、ひいさまは常におっしゃいます、わたしはなにもしていないのに、と――」

花世は、うなずいた。

「父祖の功を子々孫々受け継ぐ代わりに、その父祖の主に忠節を誓うのが、徳川の御《み》代《よ》の基であることは、よくわかっている、けれど……」

「けれど、なんでございます、ひいさま」

思いがけなくお時が反問した。

「いえ、それならば、父祖の代の怨恨をも子孫は享《う》けねばならぬはずだと、ひいさまがお考えなのは、お時とてよくわかっております」

「喧嘩両成敗という天下の御《ご》法度《はっと》は、それをなさせぬためと……」

「ひいさま」

言い掛けた花世の言葉を、お時がさえぎった。

「ひいさま、もしもいまひいさまがお時に、死ねとおっしゃいましたなら、わたくしはこの場を去らずに死にます」

「な、なにを言う、お時」

仰天した花世は、思わずお時の膝に手を掛けた。

お時は、その手をそっと握って続けた。

「そして、ひいさまがなぜそのようなことをわたくしにお命じになったか、伺おうとは思いません」

「……」

「ですがもし、お時に娘がありましたなら、わたくしに代わって生涯ひいさまにお仕え申すよう言い遺して、お訣《わか》れいたします」

「お時……」

「主従とは、そのようなものでございますよ」

お時はほほえんで花世の手を放し、

「ひいさま、柳庵の奉公人はみな、ひいさまお為に、いえ、黒川のお殿さまおん為に、命を賭けてひいさまの仰せに従います。お心おきなく、なさりたいようになさいませ」

深く一礼すると、下がっていった。

花世は、ひとりその場に座り続けた。

——主従とは……。

そういうもの。

ものごとの理《ことわ》りを解する年ごろに異国の文明にのめり込んで、この国の主従の理念に考えを及ぼすことなどなかった。

父与兵衛を深く敬愛し、その言動のすべてを信じ切っていた。だが親子は所詮一世、この世限りの縁《えに》しなのだ。

主従は、来世のそのまた次の世まで、たがいの命運を同じくする。

血のつながりがないからこその理りであることは、花世とてわかっている。

武士は二君にまみえずという。いったん主従の盟約を交わせば、三世《さんぜ》ののちまでも、ただ一人の主に仕えるのが武門のならいである。

しかし、お召し出しに与《あず》かって幕府役人となった旗本が命を預ける上役は、時に応じて変わる。北町奉行所与力である門之助は、いまは奉行島田出雲守《いずものかみ》の命によって命を捨てるのだ。

だがその奉行も、父与兵衛も、また門之助自身も、旗本であるからには、はるか上に在《おわ》す公方《くぼう》家綱《いえつな》公を、あるじと戴いている。

それでも門之助の心の奥深くには、いまなお三世の主として、前《さきの》長崎奉行黒川与兵衛が生き続けているというのか。

吉蔵は、人の世は情ばかりでは生きられぬと、常にいう。

死罪となるべき吉蔵の命を助けたのは、父黒川与兵衛である。吉蔵ばかりではない、その手下の罪をも不問とした。

けれどいま、花世は吉蔵になに一つしてやってはいない。それでも吉蔵は、命を賭けて花世を守ってくれる。

主従の絆《きずな》……。

花世は、立ち上がって表方に向かった。

午すぎ少し明るくなった空が、早くも重い暮れ方の色になっていた。

二十七

渡り廊下で、走ってきたお時に鉢合わせしそうになった。

「なんだねえ、屋敷内を走ったりして。おかよにでも見られたら示しがつかない」

お時は廊下にぺたりと座り込み、

「そ、それが、六助どんがお兼といっしょに……」

息を切らせる。

「やはり戻ったかえ、それはよかった」

「ひいさまは、それを……」

「門之助どのは、自分の口から六助を預かっていることは言えないが、もし柳庵からだれか来たら、その者とともに帰れと言っておられただろうと思っていたよ」

「で、ですがそれでは門之助さまが……」

花世は、かがんでお時の背を軽くたたいた。

「おまえがどれほどにわたしを信じてくれているか、いまさらによくわかったから、なにがあっても怖くない」

お時は、はっと花世を見上げた。

「二人を奥へ呼んでおくれ、わたしが台所方へ出向いては、下女子たちにわかってしまうからね」

言い捨ててそこから居間へ戻る。

六助どんがお詫びを、とすぐに襖《ふすま》の外でお時の声がした。

「わ、わしの不注意で、花世さまには、とんでもねえご迷惑を……」

六助が、頭を廊下にすりつけている。

「詫びを言うのはこっちだよ、お兼にもずいぶんと心細い思いをさせてしまった。勘弁しておくれ」

お兼は六助のうしろで、ただただ頭を下げている。

「菊や梅には、下総《しもうさ》のいつもの山に、薬草を取りに行ったと言ってある。雨続きで手に入らないものが多かったから、あとから送るようにしてきたことにおし。あすにも五郎三郎に、入り用の品々を書き上げさせ、山預かりの重兵衛に使いを出そう」

六助もお兼も、鼻をこすりながら戻っていった。

二人が出ていくと、吉蔵を呼んでおくれとお時を下がらせ、すばやく松葉色の無文の小袖に着替え、煤竹《すすたけ》色の袴《はかま》を着けた。

小太刀の師田能村《たのむら》城右衛門が、中条《ちゆうじよう》流皆伝《かいでん》を得た褒美にと手渡してくれた脇差を腰に、搗色《かちん》の頭巾《ずきん》を手にしたところへ吉蔵が来た。

「六助が門之助どのの役宅から戻ってきた。今夜が限《き》りになった。供しておくれ」

「どちらへ」

「おまえの言うことを聞かぬ男が、突き止め損ねたあたりにしよう」

吉蔵は苦笑した。

「幸兵衛長屋に六助をやって、わたしが所要があっていまから出るので、おかよが淋しがる、夜食を食べにまた二人で来てほしいと言わせておくれ。助蔵には、くれぐれも客人が勝手な動きをしないよう、五郎三郎と二人でしっかり見張るようにと」

「承知しました。で、表口からお出になりますか」

吉蔵が訊く。花世は笑った。

「お時なら、大丈夫だよ」

とたんにどたどたとひどい足音がして、お時が駆け込んできた。

「屋敷内を走るでないと、たったいま言ったばかりじゃないかえ」

ばたりと膝をついたお時は、目の先の花世の腰をちらと見た。それからほっとしたように大きな息を吐く。

「お早いお帰りを――」

「すぐ近くだ、半時もかからない。今村のお二人がきたら、台所方で先に夜食を済ますように」

お時は、はいと答え、そこに座したまま頭を下げた。

表玄関の沓脱《くつぬぎ》に、履き捨ての草鞋《わらじ》が揃えてある。

足を入れ、履き心地を確かめる。

門を出た花世は、西を見て、

「いい按配《あんばい》に、宵のうちはもつだろう」

独り言のように言って歩き出す。

行き先はもう暗い。だが暮れ六つが鳴らないので、まだどこにも灯りは点《つ》いていない。

兼房《かねふさ》町の木戸を越し、幸町に向かってさっさと歩く。

幸橋の辻番所の前を通り過ぎる。ここは上さまがお成りになったことがあるので、御成橋ともいう。広小路の南側は、旗本屋敷と大名の中《なか》屋敷が入り交じった屋敷町だから、隙間なく高い塀が連なっている。

昼間は静かな道筋だが、この時刻となると、帰りを急ぐ商人や下城《げじよう》した主の急の用向きに走る中間《ちゆうげん》、下士《かし》を伴って帰邸する用人風の侍など、明るいうちよりも人通りが多い。

花世は、屋敷町に入ると足を緩めた。

「おまえはもう、嗅ぎまわったのだろう、当てはついたかえ」

吉蔵は、渋い顔になった。

「ひいさま、人聞きもいかがと思います、嗅ぎまわるなどという言葉は、お使いになりませんように」

「でも、嗅ぎ歩くも、おかしいよ」

吉蔵は、どちらにしてもあまり感心できません、と眉をしかめる。

傍目《はため》には、どこからみても小大名の小姓《こしょう》か旗本の若君が、親しい間柄の中間を従えての私的な外出《そとで》姿だから、武家屋敷のただ中をそぞろ歩いていても、場違いな感じはない。

だが、すれ違う男たちはみな首を突き出し、見えにくい行き先や地面に目を凝らして足早に歩みを進めているというのに、顎《あご》を挙げてきょろきょろ左右の屋敷を眺めながら、ゆっくりした足取りで歩くので、追い越しざま花世の顔を振り仰ぐ商人もいる。

それでも歩速を変えずにぶらぶら歩いて、結句松平陸奥守《むつのかみ》さま中屋敷の長屋塀をひとまわりし、またもとの幸町広小路に戻った。

「当ては、おつきですか」

広小路で立ち止まった花世に、吉蔵が訊く。

「当たり前のことだが、たいそう厳重に囲っているね」

「もう一まわり、なさいますか」

「いや、これで十分だ」

吉蔵は黙ってうなずき、連れ立って備前《びぜん》町に戻った。

二十八

お時が玄関に飛び出してきた。

「お早いお戻りで……」

「早く戻ると言っただろう、わたしは嘘はつかないと決めているからね」

「子を見れば親がわかると申すそうでございます。ご老女さまのお躾《しつ》けでございましょう」

よほど安堵したか玄関先で軽口をきく。

奥に入ると、お召し替えを、お時が言う。

「夜食を先にすませよう、歩きまわっておなかが空いたよ」

それではすぐに、とお時が出ていった。

脇差を刀掛けに戻し、袴だけ取って、猫脚のたーふるの前に座す。

すると、お夜食でございます、と襖が開いた。

早いねえ、と花世が感心する。

「近くだから半時で戻るとおっしゃいましたので、ご用意いたしておりました。ひいさまは嘘はおつきにならないお方ですから」

またやりにくくしてしまった、と花世が口の中で言ったが、お時は知らぬ顔でたーふるを調えている。

「このところ毎日あわただしく、お膳が行き届きません」

そうはいっても、平《ひら》には、花世が幼いころから好んだ玉子蓮根が載っている。蓮根の穴に玉子の黄身を流し込んで端を厚手の紙で覆って茹《ゆ》で、一分《ぶ》ほどの厚みに切ったもので、いまはおかよの大の気に入りである。菊も梅も上手に作れるようになりました、とお時がほほえむ。

鉢は、賽《さい》のように切った烏賊《いか》を出汁《だし》溜《たま》りでさっと煮て、卯《う》の花をまぶした卯の花和《あ》え、小鉢には、たいらぎのわたを茹でこぼし、生姜《しょうが》味噌で和えたわた和え、汁は、鯉が続きましたので、と、小海老《こえび》や雑魚《ざこ》を味噌仕立てにして牛蒡《ごぼう》を加え、茗荷《みょうが》を吸い口にした雑魚汁、それに例の無尽漬をたっぷりと盛った鉢もある。

花世は、さっそくに無尽漬に箸を伸ばした。

途端にお時が、

「それは菜《さい》ではございません、香の物でございます」と言う。

「昨夜は、菜が少ないから、と言って出したではないか」

「さようでございます。ですが、香の物でございます」

にこりともしないで言う。

たしかに、まっさきに箸をつける品ではない。香の物は、菜を食し終えて、茶碗に残っている飯とともに食するのが作法だというのだろう。

六つの歳《とし》からおまえには一度も勝ったことがない、と決まり文句を口の中で言って、蓮根を口に運ぶ。

「わたくしは勝っても負けても結構でございますが」

いつもは聞こえぬ振りをするお時が、めずらしく受け答えした、

「ひょっとおかよが見習って、柳庵に預けた娘は食事の作法も心得ていないと言われましたら、ひいさまはどうなさいます」

「わかったよ、子は親を見て育つ、だろう」

「子を見れば親がわかる、と申しました」

ひどく手きびしい。

それでも菜をみな平らげて、ようやくに無尽漬にかかった。

五郎三郎が、茶を持って来た。

無尽漬がまだ残っている。

「茶受けにしてもいいのだろうかねえ」

花世が首をかしげていると、

「あまりよいお行儀とは申せませんが、奉公人もおりません内々《うちうち》でございますから、大目にみることにいたします」

五郎三郎が、目を丸くしている。

無尽漬の小鉢を残してたいーふるの上をきれいに片付けたお時が、さて、と花世に向き直った。

「お召し替えを」

「このままでいい。昨夜のように、なにごとが起こるかわからないからね」

結構でございます、とお時は切り口上で言うと、それではわたくしも今夜もこちらでやすませていただきます、と膳を下げて行った。

無尽漬で茶を喫し終え、おかよはどうしているえ、と五郎三郎に訊く。今夜もお泊りしてほしいと今村のご老人を放さないので、お時さんが花世さまにお断わりをすると申しておりましたが、と答える。

「今夜はわたしが叱られてばかりだったからね」と花世は笑った。

「今村のお二人にはご迷惑だろうが、ぜひおかよの守《も》りをと言っておくれ、それからお時が押し寄せて来ないうちに、吉蔵を」

五郎三郎は笑って下がっていった。

やってきた吉蔵も、中間のなりのままである。座敷内には入らず、襖際に膝をついた。

「遅くとも、丑《うし》の刻までに、片をつけないとならないだろう」

吉蔵は黙ってうなずいた。

「あまり長い時はかけたくない。せいぜい四半時だ」

吉蔵がもう一度うなずく。

「それなら、四つ半に、表口で。裏は、奉公人の部屋に近い。ことに今夜は今村の老人がいる。年寄りは目ざといからね」

吉蔵が、柳庵は表裏とも、手配りは済んでおります、助蔵が宰領《さいりょう》します、ご案じなく、と言って下がっていった。

花世は書棚から江戸図鑑を取り下ろし、膝の上に広げた。

すると襖が開いて、お時が入ってきた。

「びっくりするじゃないか、おまえとしたことが、声もかけず」

図鑑から顔を上げた花世が、おや、夜具はどうしたえ、と訊いた。

「ひいさまがお召し替えなさらないというのに、どうしてわたくしが夜具を持って参れましょう」

「子《ね》の刻が過ぎたら、着替えよう。それまではこうしているよ」

また図鑑に目を落とす。お時は、

「ではわたくしも、子の刻までは、台所方に下がっております」と言ってすぐに出ていった。

花世は、なにしろ六つの歳から一度も勝ったことがないのだからねえ、とまたため息をついた。

夜食が遅かったので、もう五つ半になる。

吉蔵に約した刻限までは一時だ。だが、待つときの進みは遅い。

――修業が足らぬ。

師田能村城右衛門なら、この一時を、決して無駄に過ごすことはあるまい。

花世は、立って蘭語の医学書を取り上げた。

書見台に置き、その前に座した途端《とたん》に、

――身体頭脳を使うが時を無にせぬことか。心を如何《いかん》とする。

師の声が耳もとで響いた。

敷物から滑り下りて手をつかえ、
「未熟者でございます」
声に出して一礼した。
そのまま座して目を閉じ、心を空に努める。
だが、その気負いに妨げられ、思うにまかせない。
気を変えて、小太刀を手にする時のように、腹で呼吸し、その数を数える。
一、二、三、四……。
首から肩、背筋と、次第に力が抜けてゆく。
と、
なにゆえ闘おうとする。
声ともなく、文字ともなく、ただその一句が浮き上がった。
はっと目を開く。
――なにゆえに……。
その通りなのだ。
この一件は、花世自身になんのかかわりもない。重い火傷《やけど》を負った男が、たまたま
柳庵に担ぎ込まれただけである。

門之助に、男を預かってほしいと頼まれて承諾したのは、重い患者を保護するのは、医者として当然の義務だからにすぎない。

医家の使命は、ただ患者を守ることにある。

患者の信を享けてその命を委ねられたからには、疾病《しっぺい》や外傷だけではなく、いかなる類《たぐ》いの危害からも守らねばならない。

門之助の身上も、六助の不在も、医家としての大義からいえば、枝葉に過ぎない。

人の命を守るために、闘う。

我と我が心の問いに答えた花世の耳元に、

「おまえは医者だ、医の技によってのみ人を救うのだ。ゆめ、剣を頼るな」

師田能村城右衛門の諭しがよみがえった。

だが、人を救うに、剣をもってせねばならぬ時はある。

六助を一存で柳庵に返した門之助は、まちがいなく明日《あした》、致仕《ちし》の願書を持って奉行所に出仕する。

花世は立ち上がって、父与兵衛遺愛の差添《さしぞえ》、波《なみ》の平行安《ひらゆきやす》を刀掛から取り下ろした。

両手に捧げて拝礼する。

正座して鞘を払い、刃を灯りに近づけてじっと見込む。

さざ波のようにゆらぐ刃紋が、なんともいえぬ美しさである。
しばし見入って、鞘に戻した。
闘わねばならぬ相手の正体が、いまだに定かに見えぬ。
言い知れぬ不気味な力を持つことだけが、わかっている。
だが、心は決まっていた。
――父上、お力を。
花世は袴を着けて頭巾を着ると、波の平行安をしっかりと腰にした。

二十九

居間を出て、表方に入る。
病間の前の廊下に、助蔵と五郎三郎が手をつかえていた。
ご案じなく、と助蔵が言う。
軽くうなずいて玄関に向かう。
式台下に、さっきのように吉蔵が控えていた。
履き捨ての草鞋に足を入れると、どこから来たか、お時がかがんで鼻緒に手を添える。

「お早いお戻りを……」

「丑《うし》の刻には戻る。わたしは嘘はつかないからね」

お時は、ほほえんだようである。

花世《はなよ》は空を見上げた。

「曇っているが、雲の陰でも月が昇ればあたりは明るむ。よい刻限だ」

兼房町の方角へ歩き出した。

幸町の番所に、番士がいる。

「おや、先だっての番士だよ」

好都合です、騒ぎになったとき、証《あか》しになります、と吉蔵が言う。この春、数寄屋町の絵繕師《えつくろい》伊藤宗仙の手代を助けたとき、居合わせた番士である。

「問われたらこの間と同じに、急の病人のところへと言っておこう」

町々の木戸はとうに閉まった深更《しんこう》である、侍でない限り、かならず誰何《すいか》される。

番士が立ち上がって、こちらを見た。

花世は小腰をかがめた。

番士は不審気に透かし見たが、思い出したとみえ、急病人が出ましたか、ご足労でござる、と丁重に会釈した。

花世はほほえんで通りすぎ、幸町広小路に入った。

さすがに、狗《いぬ》の子一匹通っていない。

ここまでは番所の明かりがかろうじて届くが、その先は門番小屋もない旗本屋敷が続いているので、四囲は暗闇の中に沈んでいる。
二、三間行って、花世は立ち止まった。
「おまえ、どの辺りと嗅ぎつけた」

吉蔵は苦笑いして、

「ひいさまの方がはるかに鼻はお利きになります。わっしは鼻はとんと駄目で」

別の鼻はおまえの方が利くけれどねと、花世も笑う。

「ここは市中《まちなか》だ、大名でもさほど広い屋敷地を拝領しているわけではないのに、音も洩《も》れない。よほどに厳重な造りにしているのだろう」

さいでやしょうなと吉蔵が応じる。

旗本屋敷が切れ、大名屋敷の長屋塀に差しかかった。門の両脇に、番所が設《しつら》えてある。

大名屋敷の番所は、二六時中番士を置く定めになっているはずだが、ここの番所に人気《ひとけ》はなく、静まりかえっている。

主が在府で、家臣が千人の上も住んでいる大大名の上屋敷《かみやしき》でもないかぎり、いまどき番所に不寝番《ふしんばん》をおく家など、あまりないのだ。

花世がまた立ち止まった。

「どうしても決着をおつけになりますか」

吉蔵がさりげなく周囲を見まわしながら言う。

「わかっているではないか」

言い捨てて花世は歩き出した。

長屋塀に添って四、五間も行かぬうち、

「後ろをっ」

吉蔵が、低く叫んだ。

音もなく飛んできた一本の火矢が、花世の背に突き刺さろうとしている。

花世は振り向きざま脇差を抜き、矢を切り払った。

矢は粉々の火花に変わり、一瞬にして消えた。

「厄介ですぞっ、あとから……」

吉蔵の声とともに、縦一列になった火矢が花世めがけて飛びかかってくる。

だが矢はどれも、花世の身体《からだ》すれすれのところで地に落ち、瞬時に火花となって消える。

花世は身体の向きを変え、火矢の群れに背を向けた。

前後左右に休みなく降りそそぐ火の雨の中で、じっと立っている。

「ひいさまっ」

吉蔵が火矢をかいくぐって花世の背に飛びつき、覆い被さった。

飛んで来た矢は、吉蔵の身体に触れる直前に、すべて火花に変わって四散する。

二人のまわりに、火の粉が充満した。

しかし、あたりに燃え移る気配はない。

吉蔵が、しがみついていた花世の背から身体を起こし、不審そうに見まわす。

「幻術だ、恐れることはない。飛んでくる火を見ようとせず、我慢するのだ。じきに消える」

花世の言った通り、火矢はやがて静まった。

だが今度は、どーんという重苦しい音が聞こえた。

大筒《おおづつ》のようです、と吉蔵が言う。

「……大筒」

思わず振り返った花世の耳をかすめ、砲弾か、握り拳ほどの塊《かたまり》が通り抜けた。
続いて、また一つ。
「走るよっ」
花世が大声を出した。
「合点」
吉蔵は花世の背を押しながら走り出した。
大名屋敷の長屋塀に沿って、遮二無二《しやにむに》走る。
塊が二人を追い越した。
先は四辻である。
塊は、辻をまっすぐに飛んで行く。
「左へっ」
言いながら花世は、右に切れた。
吉蔵が左角へ駆け入った。
右角に、門番小屋のある旗本屋敷がある。
番小屋に明かりはついていない。
と、花世の頭上をまたも火矢が飛んできた。

あっという間もなく、番小屋の格子窓に突っ込む。

めらめらと炎が上がり、番小屋の窓枠が燃え始めた。

「御門番さまっ、出火でございますっ」

花世が大声をあげた。

番士が飛び出してきた。

門前の用水桶《おけ》を取り上げ、水をぶちまける。駆けつけた吉蔵が、脱ぎ捨てた仕着せで炎をたたく。門のくぐりが開いて、屋敷内から何人もの侍が桶を手に走り出てきた。

すぐさま消火に加わる。

と、轡《くつわ》の音が聞こえ、たちまちに近寄ってきた。

龕灯《がんどう》を照らした小者が馬側を走り、着流し姿の武士が乗っている。

武士は門前で手綱をしぼり、

「火付けの咎人《とがにん》はすでに捕らえた。火矢を持ち歩いていた不心得者である。当屋敷の出火は、災難として不問にいたす。念入りに消火を心がけられよ」

馬上から声を掛けると、直ちに蹄《ひづめ》を鳴らして駆け去った。
四、五人の同心が後ろ手に縛り上げた小柄な男を囲み、馬のあとを追って走っていく。

屋敷内から、火事装束に身を固めた侍が、龕灯を提げた下士を従え、小走りに出てきた。

門番士が、耳打ちをする。

侍は、花世に近寄ってきた。

「大事にいたるところを、まことに忝《かたじけな》く」

上体を倒したが、気は許さぬ構えで、

「御礼の申しようもござらぬ。お差し支えなくば、ご姓名を承りたく」

下士が明かりを花世にさし向ける。

「備前町の柳庵と申します医者でございます。急な病人を見舞っての戻りに、炎が見えましたゆえ」

花世が落ち着いて答えると、

「柳庵さまでしたか」と態度を和らげた。

近隣のことゆえ聞き知っているらしい。

「火矢を持ち歩いていたとか、気づかねば大火ともなり、いかようなお咎めを受けるかわからぬところでござった。後日、あらためてご挨拶に参上つかまつる」

堅苦しいあいさつをして、門内に入った。

火は、すでに消えている。

下士たちも一様に花世に辞儀し、番士を残して入っていった。


花世は、数寄屋町の方に向かって歩んで行く。

吉蔵が、焼け焦げた仕着せを肩に羽織って従う。

花世は、黙って歩いている。

吉蔵も、あえて話しかけない。

雲の裏側で、十日月の光が鈍く射している。あたりはすこし明るんできた。

新《あたら》し橋の手前から葺手《ふきで》町の前の道を、幸町広小路に向かう。

幸町の辻番所の前で腰をかがめ、ご苦労にございます、と言う。番士が、おすみですか、と愛想よく答えた。ほほえんでうなずき、一礼して歩き出した。

兼房町の木戸の前で、花世は空を仰ぎ、

「まだ丑の刻にはならないね。お時に自慢できる」と言う。

吉蔵は、へい、と答えた。

「もう一つ、自慢できることがある」

吉蔵が、花世をふり仰ぐ。

「お師匠さまのお教えを破らなかった」

吉蔵は、また、へい、とだけ答えた。

田能村城右衛門は、常々花世に、万が一抜刀して闘おうとも、決して先んじて抜いてはならぬ、身に危難が迫ってはじめて抜け、と訓《おし》えてきたのだ。

「それに……」

花世は、腰の波の平行安にそっと触れ、

「父上のお形見を、汚さずにすんだ」

吉蔵はただ、うなずいた。

柳庵の表口からの明かりが、門前の道を薄く照らしている。

吉蔵が、七つ前に深川まで走らせます、と言って、裏口にまわった。

玄関の式台に、お時が座している。

「ご無事で……」

式台の板に、額をすりつけた。

「嘘はつかなかっただろう」

花世はほほえんだ。

第六章　花世の困惑

三十

翌朝、小雨の中をやってきた十人足らずの客に応じ、午《うま》の刻前に奥に戻った花世《はなよ》は、小昼《こびる》を取るとすぐ、病間に向かった。

吉蔵の使いは、早朝出仕途上の門之助《もんのすけ》に出会い、昨夜の顚末《てんまつ》を伝えたという。それでもなお門之助が、筆頭与力に致仕《ちし》を申し出たとしても、奉行所はもはや受けまい。門之助を罰する理由など、なにもないのだ。

――これで一山越えた。あとは客人の手当だ。

男は、相変わらず所在なさそうに部屋の隅に座っていたが、花世を見ると、あわてて座り直す。

「火傷《やけど》が治るといっしょに、あなたを苦しめていた源が、遠くなって行ったようですよ」

　花世は、ほほえみながら話しかけた。

「あとは、あなたの心次第です。わたしに手伝えることがあったら、なんでもします。医者の仕事ですから、気にしないで言ってください。なにしろ、薬礼を戴きすぎていますから、なにかしないと気が重くて困ります」

　男は、左手をつかえたまま、じっとうつむいている。

「手始めに、話ができるようになりましょう」

　男がはっと顔を上げた。

「あなたは、話してはいけないことに無理やりかかわらされて苦しんだ挙句《あげく》に、ほんとうに口が利けないようになってしまったのだと思います」

　男の顔が、引きつった。

　花世は、ゆっくりと言葉を続けた。

「でも、もう大丈夫です、あなたを操った男は、昨夜、奉行所に捕まりました」

　男は、ぽかりと口をあけた。

「もうだれに遠慮することも、だれをおそれることもなくなりました」

　男は急にせわしなく顔を動かし、天井や襖《ふすま》、障子《しょうじ》と、部屋中を見まわしている。視線がひとところに定まらない。

花世は、男の顔の向く通りに自らの顔を動かし、その目を追い続ける。

「こわがらず、わたしを見て下さい」

とたんに男の顔が、花世に向いたまま止まった。

「わたしの顔を、見て下さい」

顎《あご》を上げ、男は脅えた目付きで花世を見た。

すかさず花世はその目をとらえ、男に尋ねた。

「あなたは、かんごろうさんですね」

男は花世を見たままうなずいて、あ、あ、と顎を動かした。

花世は男の目にじっと視線を当て、

「ずっとわたしを見ていて下さい、あなたは鉄砲鍛冶のかんごろうさんですね」

男が、苦しそうに頬をゆがめた。胸を大きく動かして息を吐く。

「わたしの目を、見て下さい」

男は顔をあげ、花世の目を見た。

「わたしの目から、あなたの目を放してはいけません。いいですか、かんごろうさん」

花世は背をかがめ、男の顔に自身の顔を近寄せ、まばたきをせずに男の目に見入った。

男は、縛りつけられたように動かなくなった。

「かんごろうは、話がしたい」

男は、しきりにうなずく。

「かんごろうは、話ができる」

花世が続ける。

男も、うなずき続ける。

「かんごろうは、口が利ける」

花世は、畳みかけた。

男は顎を上げ、口をぱくぱくさせた。

その時突然、花世は身体《からだ》中の力が抜け、奈落の底に落ちてゆくような感に襲われた。

心の臓の拍動が一瞬止まって、一つ飛んだ。

無理せずに目を閉じる。

「あなたは、話ができる」

残った息を、少しずつ吐きながら言う。

男は何度も唾を飲み込み、口を動かそうとしている。

「あなたは、口が利きたい」

男の顎が、がくがくと激しく動いた。

花世は、残りの息をすべて吐き出すと一緒に、どっと身体を男の上に倒した。

「あなたは、口が利ける」

たたきつけるように大声を出した。

男が、びくびくっと体を震わせ、

「は……は、はい」

喉からしぼり出すように言った。

花世は、ゆっくりと身体を起こし、深く息を吸って、男の顔を見た。

顔が、ぼうっと霞んでみえる。

無理に目を見開いて笑みを作り、

「かんごろうさん、今日の昼は、なにを食べましたか」

常の口調で訊ねた。

「たまご——か、か、かゆ……」

男は、とぎれとぎれのしわがれ声で言った。

「かんごろうさんは、玉子が好きですね」

男は、うなずいた。

「いつから好きでした」

「こ、こど、こどもの、こ、ころ、か、から……」

「玉子料理は、なにが好きでしたか」

「ふわふわ……」

「では今夜は、特別に、お時にふわふわを作らせましょうね」と笑って、茫然としている五郎三郎《ごろさぶろう》に、

「かんごろうさんはこどものころ、玉子のほかなにが好きだったか、聞いておくれ」

夢から覚めたようにうなずく五郎三郎に、

「こどもの、ころの食べ物だよ」と念を押す。

五郎三郎は、今度はしっかりとうなずいて頭を下げた。

「夜食を楽しみにしていて下さいよ、お時は料理が上手ですからね」

男に言って、花世は立ち上がった。

台所に入ったが、少し足がふらつき、女たちの顔も霞んで見える。

お時が近寄ってきた。

「かんごろうさんに、今夜は玉子のふわふわを作ってあげておくれ、本人のお望み

だ」

妙な顔をするお時に、

「口が利けた。だがまだ油断はできない。食べ物の話くらいで、面倒なことは話しかけないように」と小声で言うと、

「とても疲れた、蘭茶を奮発しておくれ、それから吉蔵を」と言い残して奥に戻った。

三十一

居間に入ると、花世は猫脚のたーふるの前にどっと座し、卓に肘《ひじ》をついた。

――お時に見つかったら、またお小言《こごと》だ。

ひとり苦笑いしたが、どうにも身体に力が入らない。

こんなことは、生まれて初めてだ。

剣の師田能村《たのむら》城右衛門の稽古は、女だからと容赦はしなかった。道場の床に、何度倒れ込んだかわからない。

やはり女は駄目じゃ、もはや先は見えた、これで終《しま》いとする、あすからわしは奉行所には来ぬ、と言われ、その度に渾身《こんしん》の力をふりしぼって立ち上がった。

花世の日常は、明け六つから昼の八つ過ぎまで、四時五時《よつときいつとき》を休みなく客に接し、小昼の後は患家を訪れる。身体の動きが鈍くなったように感じると、吉蔵を相手に小半時《こはんとき》ばかりも小太刀を取る。すると汗とともに、疲れがずっと抜けるのだ。けいこを終えて奥に戻っても、卓に肘をついたことなど、一度もない。

だいたいが大名旗本の姫の居間の調度に、文机はあっても、卓などという類《たぐ》いのものは置かれていないから、お時が叱るまでもないのだが、その時の疲れとは、まるで違う。

——南蛮《なんばん》術のせいだ。

だが術を施しながら外科手術を続けていた阿蘭陀《おらんだ》人医師に、常の手術より疲れたようすは見られなかった。

——術を無理やり解くと、これほどに気力を消耗するのか。

このまま座していたら、眠り込んでしまいそうだと思ったとき、吉蔵が声をかけてきた。

「客人の声が蘇ったそうでございますな」

けれどひどく疲れたよ、と常にもなく弱音を吐く。

「こんなに気力を奪われるとは、思っていなかった」

さいですか、と吉蔵は淡々と応じる。

「わたしはとうとう、蘭方《らんぽう》外科医の守るべき一線を踏み越えてしまった」

吉蔵はしばらく黙っていたが、

「わっしらに面倒なことはわかりませんが、ひいさまは客人を救われたのですから、医者として立派なことをなすったのだと思いますが」

花世は、ため息をついた。

「目の前に苦しんでいる人がいて、もしかすると自分になにか出来ることがあるのではないかと思うと、つい、手を出してしまう。子どものころからわたしは、お師匠さまのおっしゃる、出過ぎたはねっ返りだからね……」

吉蔵がめずらしく、頰をゆるませた。

「ま、そこがひいさまのいいところで」

そういってくれるのは、おまえくらいのものだよ、と花世は、もう一度ため息をついた。

「ですが」

吉蔵が声音《こわね》を改めた。

「それ、おまえだとて、言いたいことがあるだろう」

花世は自棄《やけ》ぎみに言う。

「いえ、ご自身のお身体を一にお考えねばなりません、今後二度と、術には手をお出しになりませんよう」

わかっているよ、もう懲《こ》り懲《ご》りだ、なにしろ切支丹《きりしたん》術だからね、と花世はまたも禁句を口にして、猫脚のたーふる前から立った。

「昨夜のことだが」

常の褥《しとね》に座り直して言う。

「定廻《じょうまわ》りの奉行所与力に折よく出会った……と言いたいが、あまりに折がよすぎる。このところ柳庵《りゅうあん》のまわりを遠巻きにして見張っていたのは、あの与力なのではないか」

吉蔵が、うなずく。

「それだけではない。飛脚屋が十次郎さんにぶつかった時に来合わせたのも、昨夜の与力だ」

花世は深く息をついた。

「世の中の仕組みが面倒になってきたよ。いまの術で気力を奪われたせいだろうかね」

「いつも申しております、世の中は……」

「情のみでは生きられない、だろう」

吉蔵は苦笑いして、

「お疲れがとれたらまたすぐ、出過ぎたはねっかえりに戻られやしょう」と言う。

お時が、蘭茶でございますよ、ひいさま、と、大振りの蓋付き色絵茶碗を持って入ってきた。

蓋を取ると、蘭の高い香りが座敷に拡がる。

「父上は、しばしの時をこの香りの中で過ごされて、またきびしいお仕事に戻られたのだねえ」

花世は、しばらく黙して茶を喫していたが、

「六助が無事戻り、客人が元の身体と心を取り戻せば、柳庵は、もうなにもしなくてよいことになる」

これでお仕舞いでございますか、とお時は不服そうである。

「門之助どのも、今日あすには見えるだろう。それでなにもかもが、もと通りになる」

「そういたしますと、わたくしを駕籠《かご》に乗せ、鶯谷《うぐいすだに》まで連れていこうとしたのは、なんのためでございましょうね」

「それもいまは、まるでわからない」

「あの男は、どうなりますので」

「火矢を旗本屋敷に投げ込み、出火の大事を招いたのだから、今日にもお白州《しらす》に引き出されてお裁きを受け、大伝馬町のお牢に送られ、数日のうちに市中引き回しの上火刑に処せられる」

火付けは火焙《ひあぶ》りがきまりだからねと答える。

「ひいさまに火矢を浴びせたことは、罪にはなりませんので……」

「火矢といったところで、役人が見に行ったとしても、あの辺りの武家屋敷の塀に、焼け焦げひとつついていないよ」

「幻術……だからでございますか」

「むろんそうだが、南蛮術は、たとえ外科医であろうと用いるのは厳禁だ。そのご禁制の術を使いこなす人間が、大名屋敷地に出没して術を使ったと決めつけてどうなる。お上《かみ》のご威光が丸潰れになるだけじゃないか」

そういえばそうでございますが……と、お時はなにか不服そうである。

「だからあの男を捕らえるためには、南蛮術以外で死罪となる咎《とが》でなければならなかったのだろうよ」

お奉行所というのは、そうしたものでございますかねえ、とお時がそっぽを向いて独り言を言った。

「そうしたものだろうよ。いや、お奉行所が、ではない、天下のご政道とは、そういうものなのだろう」

お時が向き直った。

「ひいさまは、昨夜二度目にお出ましになるとき、殿さまご遺愛のお刀をお差しでした。ひいさまがどんなご覚悟でいらっしゃるか、お察しいたしました。けれど、殿さまがお守り下さると信じておりましたので、お止めはいたしませんでした」

父上にも、それからおまえにも、ありがたいと思っている、と花世は穏やかに答えた。

「ですがひいさま」

お時が追い打ちをかける。

「ひいさまが、殿さまお形見を身にお付けになってまで、お立場を守ろうとなさったとお知りになっても、門之助さまはお役におとどまりになりましょうか」

花世は、しばらく口を閉ざしていたが、

「そこが、難しかったのだよ。奉行所がどこで勝負をかけるつもりなのか見当もつかないまま、門之助どののお身の上を慮《おもんぱか》って、無為に時を過ごしてしまった。けれど昨日、六助が戻ったので、その先まで考える余裕がなくなったのだ」

花世の言葉に、お時はただうなずいた。

「でもあの男は、刀を抜くのではなく、火矢を用いた。そのため奉行所は、火付けの罪で男を捕らえることができた」

「殿さまが……、殿さまがお守り下さったのでございます」

お時が涙声で言う。

「そう思っている」

花世は答えて、疲れたから夜食まで少し休むよ、と二人に言った。

三十二

花世は子どものころ、長崎奉行所に折々来る唐人《とうじん》が、口から火を吹いたり、掌《てのひら》の上の木の葉を小鳥に変えたりなど、さまざまの不思議を庭先で現出するのを見てから、ずっと幻術に関心を持っていた。だがそののちすぐに、幻術は切支丹術として厳禁された。

漢字の本が読めるようになって、唐の国に、縄を空に放り上げて木のように突き立て、その縄を子どもがするすると上り、見えなくなったところで縄を引張ってくる巻いて行ってしまったが、子どもはいつまでも帰ってこなかったとか、男を寝かせて腹を裂き、臓腑を取り出して筵《むしろ》の上に並べてからまた腹の中に戻すと、男はすぐ起き上がっていなくなってしまったなど、かの国でも禁じられた幻術があるという書物を読んだ。

阿蘭陀商館で医学を学んでいたとき、呂宋《るそん》には、病人の腹に手指を突っ込み、臓腑を取り出して悪くなった部分を取り除いてから元通りに戻す医術師がいると、阿蘭陀人医師から聞いた。そこまでのことができる幻術師は、あまりいないが、火や水を現出させるのは案外たやすいという。

日本でも、太閤の御前に呼ばれた幻術使いが座敷を海原に変えて、逆巻く波に調度類がみな押し流され、女たちが悲鳴を上げて逃げ惑ったので太閤が怒り、術師を死罪にしたという話も残っている。

やすやすと鉄砲町に連れて行かれたお時が、切支丹術のようなと言った時、まちがいなく術師だと思った。

昨夜も、火矢が一列に並んで飛んできたのをみて、幻術と確信した。耐えてみると、まるで熱さが感じられなかった。

幻術は見破られると、術師も己《おの》れの姿を現してしまうと聞いている。男が姿を見せれば、刀に懸けての勝負となったろう。あの男が忍びであれば、武闘にすぐれているのは当然である。

忍びは無益な殺生はしないが、敵対するものには容赦しないという。相手の技量が劣っているとみれば命を奪い、逆に少しでも相手の腕が上とわかれば、自らに負わされている責務のため、一騎打ちを避けて身を守ると聞いている。

だがあの男は、火術を弄しただけでなく、実際に火付けをし、しかもやすやすと捕まった。なぜそのような愚かなことをしたのか。

――まさか……。

花世は、ふと浮かんだ考えを、急いで脳裡の片隅に追いやった。

――よほど疲れている。

花世は立って、裏庭の道場に向かった。

小半時、ひとり小太刀を振い、台所に立ち寄る。

お時が、おけいこでいらっしゃいますか、奥でお待ち下さいまし、と言う。

玉子を山のように積んだ笊《ざる》が、おいてある。

お時が、お夜食は今夜もお客人のお相伴《しょうばん》でございますよ、と笑った。

「客人は、子どものころからよほど玉子が好きだったらしいね。たまごという言葉が、すっと出てきた」

「ひいさまとおなじでございますね。お乳母さまがおっしゃいました、ひいさまが一番最初におっしゃった言葉が、おんば、二番目がおたま――」

女たちがいっせいに笑う。

「三番目はお時、ではなかったよ」

花世が言うと、また大笑いになった。

笑い声が聞こえたか、お梅に手を引かれて、おかよが台所に入ってきた。

――あっ、花世さまっ。

おかよが声を上げ、台所の板の間ぺたりと座って手をつき、お辞儀する。

「よくあいさつができました、夜食がすんだらほうびをあげましょうね」

花世はほほえんでおかよのつむりを撫《な》で、奥に戻った。

この所急に、おかよが大人びてきた。お時の躾《しつ》けが実を結んできたのだろう。

六助が戻り、お兼も元気になって、台所に笑いが満ちる。

家とは、こうでなければならないのだろう。

五千石の姫暮らしが幸せか、五百石の旗本の格式が大切か、世の中は情だけでは渡れないという吉蔵の口癖は、師田能村城右衛門が言った通り、情がなければ生きられぬということでもあるのだと、花世はつくづくと思った。

居間に入ると、お時が盥《たらい》と手拭いをもって入ってきた。湯殿で汗を拭《ぬぐ》って着替える。すぐお夜食をお持ちします、とお時は出ていった。

待つほどもなく運んできた膳に、玉子のふわふわが入った大きめの鉢が載っている。玉子尽くしでございますよ、とお時が笑いながら猫脚のたーふるを調える。

たしかに玉子尽くしで、平《ひら》には、厚めに焼いた玉子の上にかまぼこを乗せ、出汁《だし》昆布で巻いて糸で結わえて茹《ゆ》でて二分《ぶ》厚みに切った巻きかまぼこ、小鉢は塩鮭の塩を抜いて皮も刻み、黒豆、梅干、杏仁《きようにん》をいれて出汁溜《たま》りでさっと煮た煮和《にあ》えが入っていたが、その上にも玉子のそぼろが散らしてある。

これで玉子素麵《そうめん》があれば、申し分ございません、とお時がにんまりとする。またご老女さまのお留守に、助蔵を鶴屋に行かせようと花世が言って、声を合わせて笑った。

いつも通り五郎三郎が茶と帳面を持って来た。

「客人は、ほんとうに玉子が好きなようで」

五郎三郎がほほえんで言う。

「かんごろうさんだよ」

お時が言うと、五郎三郎は、

「あまり長いこと、客人とばかり言っておりましたもので」とすまなそうな顔になる。

「どんな話をしたえ」

込み入ったことは話さないように気をつけましたがと、

「じいさんが玉子好きで、毎朝二つ買って一つ半を自分が食べ、かんごろうさんに半分食べさせていたとか」

「毎朝年寄りが玉子を二つ買うのなら、ごく普通の長屋暮らしの、その家の初の男の子だ」

花世が言うと、そんなものでございましょうかねえ、とお時が感心したように首を左右に振った。

「ひいさまは、長屋の暮らしなど、どうしてご存じなのでしょうね」

「ここで医者を開いて三年になるのだよ、そのくらいわからなくてどうする」

花世は鼻をうごめかした。

久しぶりの主従の日常のやりとりに、五郎三郎もほっとしたように下がっていった。

膳を片付けて下がろうとするお時に、

「そうだ、おかよに褒美をやると言ったのだ、騒ぎにまぎれてまだ切付《きりつ》けを見せてやっていないね、たしか何枚かは残っているだろう。渡してやっておくれ」と言う。

承知いたしました、とお時はうれしそうである。

台所方の夜食がすんだら吉蔵に来るように言っておくれ、と花世が付け加えた。

三十三

だが、これですべてが片付いたわけではない。

奉行所が、かんごろうが柳庵に入ったのを奇貨《きか》として、取り戻しに来る何者かを捕らえようとしていたことはまちがいない。夜中《やちゅう》民家に侵入しようとした狼藉者《ろうぜきもの》なら、たとえ武士でも町奉行所が裁断を下せる。しかし花世があえて騒ぎにしなかったため、柳庵を巻き込んで術師を逮捕しようとした奉行所の策謀は、その限りでは成功しなかったのだ。

その代わり、花世の挑発に乗せられた術師を捕らえることができた。だがいかにご禁制とはいえ、たった一人の術師を捕らえるのにこれほどの手間を掛けねばならなかったのは、どういうわけか。

術師は、公儀御用を勤める榎並《えなみ》に出入りしていた。火傷《やけど》を負った客人は、かんごろうと名を明かした。おそらく榎並勘左衛門に腕を認められ、勘の字を許されたのだろう。

勘五郎は、幸町の武家屋敷に作られた仕事場で自ら右腕を傷つけて柳庵にかつぎこまれたが、公儀御用の鉄砲のすべてを請け負っている榎並が、なんでまた勘五郎に秘密の仕事場を持たせなどしたのか。

昨夜の夕刻、幸町の屋敷町を歩きまわっていて、かすかに煙硝《えんしょう》の臭いが漂う一角を確かめることができた。深更、再び同じ場を通ったところ、火矢が飛んできた。だがその火矢は、幻術だった。それなのに、旗本屋敷からはほんとうに火の手があがった。

雨にまぎれて勘五郎の部屋に忍び入ろうとした侍は、おそらくあの幸町の屋敷の家臣だろう。勘五郎が口が利けたとなれば、一日も早く取り戻そうと思うに違いない。だが一方奉行所は、術師の男を捕らえてしまえばもはや囮《おとり》は不要となったのだ。

そこまで考えて、花世は愕然《がくぜん》とした。

柳庵は今宵から、独力で勘五郎を守らねばならなくなったのだ。

絡《から》み合って錯綜《さくそう》している何本もの糸にようよう緒《いとぐち》がついて、そのうちの一本が抜けたが、ほかの何本かの根元は依然絡んだままなのだ。いやむしろ、いまの方が、状況はいっそう悪くなっている。

吉蔵がやってきた。

「まだいくつか面倒ごとが残ってやすな」

渋い顔で言う。

「なによりも口が利けるようになった勘五郎が危ない。これから先、どうやって守るかだ」

「どうとおっしゃっても、ひいさまがそうしようとお思いなら、守り切るほかありません」

「そんなら当分の間、昨日までと同じようにするしかない」

さいですな、と吉蔵が言う。

「扇を投げ込んだ男のその後も気になる。あれは勘五郎の味方なのか敵なのか」

「少なくとも敵ではないでやしょう」

「勘五郎が狙われるのは、あの屋敷の秘密を知っているからだ。その勘五郎の敵ではない男が、屋敷で無事暮らしていられるのだろうか」

「次に投げ込まれるまでは、無事ということでやしょうな」

「門之助どのは、今夜お見えになろうか」

「どうでやしょう」

待ちも守りも、苦手だよ、と花世は、投げやりに言った。

「しかしこのままというわけにはいきやせん。ひいさまは、なにをなすべきかお考え下さい。わっしらはひいさまのお心に従うだけです」

「それなら助蔵に、明朝お奉行所に行って、門之助どのにお願いしたいことがあるからお戻りにお立ち寄りいただきたいと言付《ことづ》けを」

承知しやしたと頭を下げた吉蔵に、

「当分、屋敷は固めなければならないが、未来永劫《えいごう》というわけにもいかないだろう」

吉蔵が、まあそんなところで、と言う。

「例の連中は、この二、三日、ほとんど眠っていないのだろう。術師の男が捕らえられて、陣容を立て直さねばならないから、今夜は動きがないと思う。連中を少し休ませないと」

「ひいさまの前でこんなことを申してはなんですが、わっしらは眠っては仕事にならない半生を生きて参りやしたから、ご心配はご無用で」

吉蔵が笑った。

まあ、そういえばそうなのだろうけれど、と花世も苦笑した。

「門之助さまは、やはりおいでになりませんようで。ひいさまこそ、今夜はゆっくりおやすみなさいまし」

吉蔵はそう言って下がっていった。

三十四

入れ替わりにお時が来た。

「おかよがもう、それはそれは喜んで、あす朝、ひいさまにお礼を言いに奥に伺うと言っておりました」

それはよかった、表方が忙しくなる前に、連れてきておくれ、と言って、

「そういえばこのところの騒ぎで、ここへ呼んで読み書きや作法を教えることも、とんとなかったからね」

「さようでございます、子どもはきちんと時を決めて教わるのでなければ、上達いたしません」とお時が言う。

また花世は、落ち込んだ。

わたしには……と言いかけるとお時があわてて、

「お忙しいひいさまに、小さい子どもの読み書きの師匠まではご無理というものです。菊が毎朝、難波津《なにわづ》をすこしずつ書かせておりますからご心配なく」と言う。

難波津というのは、武家方で子どもに字を覚えさせるときに使う、〝なにわつにさくやこのはなふゆこもり〟という歌のことだ。花世は、菊が難波津を知っているというのにまた驚いた。

「いつも申しております、なにもかもお一人で背負い込むことは、結句、だれのためにもなりません」

わかったよ、と花世がつぶやくと、お時は、わたくしはひいさまが六つのお歳《とし》からお仕えしております、と先手を打ってうれしそうに笑い、ついででございますが、と、

「村松さまのご隠居さまのところへは、五郎三郎どんが一日おきに伺っておりますし、今日は、浜松屋さんに、六助どんが煎薬《せんやく》をお届けして参りました。帳面に書いてございますそうですよ」

花世の顔を見る。

そういえば、このところ五郎三郎が持ってきた帳面を、ろくに目も通さず上の空で繰っただけだったのだ。

危うく医者失格になるところだった、と花世が本心から言った。

「吉蔵が聞いたら、だから深入りするなと言ったはずだと小言を言うだろうねえ」

またため息をつく。

このところひいさまは、ため息ばかりおつきですね、とお時が気楽そうに言う。

「おまえはいいねえ、呑気《のんき》な生まれつきで」

いえいえ、ひいさま、なにごとも修業でございますよ、とお時は笑った。

「修業と申しますのは、蘭方医学や小太刀など、わざを磨くことばかりではございません。人として、どうやって世の中を渡っていくかを、苦しんで身に付けることでございます」

そうかもしれない、わたしは未熟者だから、と花世は素直に認めた。

「ひいさまは、まだまだお若いのですから、いたしかたございません。わたくしがおそばに上がりましたとき、ひいさまはお時の三分の一のお歳でした。それがいまのひいさまは、お時の三分の二のお歳です。ひいさまがいまのわたくしの歳におなりの時は、お時の五分の四にご成長です」

「なんだか、わかったような、わからないような話だねえ」

お時は、それでよろしいのですよ、世の中というものは、なにもかもがすっきりと

わかって運ぶものではございません、と言ってから、

「ですがひいさま、ひとつだけお伺いしたいことがございます」

それ、きた、と花世が身構える振りをした。

「あの術師が、わたくしや十次郎さんを鶯谷まで連れていこうとしたり、ひいさまを火矢で脅したり、旗本屋敷に火付けをしたりしたのは、なんのためでございますか」

「わたしにもまだよくわからない。わかっているのは、わたしにもおまえにも、身体に危害を加えるつもりはなかったということだ」

「そうおっしゃれば、そのような気がいたしますが……」

「一番簡単な答えは、脅しだ」

お時も、これにはうなずいた。

「柳庵に、この一件から手を引かせることが目的というのが、わかりやすい」

「わからないことの一番は、勘五郎さんの火傷でございます」とお時が言う。

「口が利けるようになったのだから、本人が話す気になるところまでわたしたちが信頼されたときに、すべてわかるよ」

さようでございましょうが、こういうことは早くすっきりとわかった方がようございます、とお時が言ったとき、床《とこ》の土圭《とけい》がチンと一つ鳴って、五つ半を知らせた。

「吉蔵どんが、ひいさまに、今宵は早めにおやすみいただくようにと申しておりました。あすには門之助さまもお出でになりましょうから、今晩はおやすみなさいまし」

夜具をととのえると、お時は、わたくしも今夜は自室でやすませていただきます、と引き取って行った。

花世は、夜具の上で、久しぶりにゆっくりと手足を伸ばした。

だがやはり、思いは昨夜の幻術師に戻る。

同心に連れ去られていったあの男は、無表情だったが、どこか悟ったような顔だった。あきらめだったのかもしれない。

勘五郎か術師か、どちらか一人でも、榎並との関わりをいま少し明らかにすることができれば、縺《もつ》れた糸がもう一本解けてくる。だが、術師の素姓など、探ることが出来ようはずはない。

——門之助どのが見える前に、勘五郎のことを詳しく知っておきたい。吉蔵に言って、なんとか聞き出させよう。

そう思うと、明けるのを待っていられなくなった。

上着を羽織り、渡り廊下をそっと通って台所に向かう。

板の間で、ひとり片付けものをしていたお時が驚いて立ち上がった。

「なにか、起こりましたか」

声がうわずった。

「驚かせてすまないね、ただ、ちょっと吉蔵に頼みたいことを思いついたのだよ」

それでは男衆の部屋に、と出ていこうとするお時を止め、こうこうと言付けて、奥に戻った。

今宵は連中もやすませるようにと言ったのだが、吉蔵は、いつも通り屋敷中に十分な手配りをしているらしい。しかしこれで、病間の心配をせず、ゆっくり眠ることができる。

今夜一晩やすめば、明日《あした》は明日だ、と花世は、やっと常の自分を取り戻した。

第七章　懐旧の紅梅茶

三十五

翌朝、とにもかくにもなにごともなく明けた。夜半からこの時節らしい雨が、静かに降り続けている。

「梅雨《つゆ》寒むと申しますのでしょうかねえ」

ひんやりいたしますと、朝粥《あさがゆ》の給仕を終えたお時が、肩をすぼめてみせる。

おや、いいことを知っているね、と花世《はなよ》が言うと、それは、でございます、とお時がもっともらしく言い出した。

「お殿さまのお相手にひいさまがお役所にお出かけのとき、女中衆がお供をしたがって困りますので、時折、わたくしがご別宅に残って、女中衆にまかせたことがあったのを、ご記憶でいらっしゃいましょうね」

たしかに、そんな日が折々あった。

「そういうときに、ご老女さまが、わたくしをお呼びになって、書物を読ませてくださったのですよ」

そういえば老女は、女ながらに書物を読むのが好きだった。花世の書物好きは、老女に手ほどきされたところから始まっている。

いまだから申し上げますが、とお時は、

「ひいさまのお相手も楽しゅうございましたが、ご老女さまから、今日のお供はたれだれに、とお声がかかるのも、悪くもございませんでしたよ」

くすくす笑う。

「なかでも、『毛吹草《けぶきぐさ》』ともうしますご本は、たいそうおもしろく、役に立ちました」

松江重頼《しげより》という俳諧師が、俳諧作法について著した書である。俳諧をたしなむ人ばかりでなく、古典や風俗習慣などさまざまの事項が記されているので、座右《ざゆう》の書として重宝がられていた。

「京で板木にかけられたばかりというのを、お取り寄せになったそうでございますよ」

花世も一冊、身近においているが、父与兵衛《よへえ》が長崎に赴任したころに板行された本だと思った記憶がある。

「ご老女さまがお下がりになるとき、わたくしが頂戴いたしました」

お時が、ちょっとしんみりした。

父与兵衛が職を辞したとき、吉蔵とお時を残して、別宅の奉公人はみな帰されている。

ゆくりなくも、穏やかに華やいでいた遠い昔のことどもを思い出した二人は、しばらく黙っていた。

「ずいぶんと、変わってしまったのだねえ」

いろいろのことが、と、花世がしみじみ言う。

「さようでございますね」とお時も言ったが、「ですがひいさまの中には、おちいさいときから激しいものをお好みになるなにかがおありだと、おそばにいてずっと思っておりましたよ」

お時がほほえみながら言った。

そうかもしれない、と花世は小さな声で言う。

小太刀を身に付け、江戸で病《やまい》に倒れたという父のもとに赴かずに出島で蘭方《らんぽう》医学を学び、そしてついには武家の息女の身分を捨てて屋敷を出て町医となった。その後も、昨夜ばかりでなく、自ら好んでなんども修羅場《しゅらば》に身を投げ入れているのだ。

花世は、気を替えるように、

「今日はこんな空模様だから、お客も少ないだろう、わたしも久しぶりに、お歌の本でも読みたくなったよ」と言う。

ほんとうに、とお時が応じて、

「柳庵《りゅうあん》をお開きになってから、ひいさまのお歌を拝見させていただいておりません。ぜひにまた遊ばしますよう」

なかなかそこまでのゆとりはなさそうだけれど、と言って表方に向かおうとすると、お時が、

「ひいさま、お忘れですか、おかよがお礼を申し上げに参ります」と言う。

そうだった、と言って座り直したところへ、菊が、おかよがごあいさつに――と声をかけてきた。

「お入り」

花世が答える。

襖《ふすま》が開いて、敷居の向こうにおかよがきちんと座っている。

「昨夜はありがとうございました」と言って頭を下げた。

「気に入りましたか」

花世がにこやかに訊《き》く。

「はい」

「はいという返事がいつでも出るようになりました」

お時が満足そうに言う。

このところ慌ただしくしている、またご本をいっしょに読みましょう、と言って、おかよを返す。

急いで表方に入ったが、この天候でたしかに客はまばらだった。これなら九つ前にすむだろうと思っていたところに、

「お助け下さいっ」という大声がした。

すばやく花世が座を立った。

表口に女が駆け込んできた。すぐ後ろから、子どもを胸に抱え込んだ男が走り込む。

式台下にかがんでいた吉蔵が、男から子どもを抱き取った。子どもはぐったりと動かない。

滴《したた》り落ちる水で、たちまちに玄関が濡れていく。

「井に落ちたのかえ」

花世が訊く。

へい、わっしがちょうど通りがかったら、この子が浮いてやして、と男が水浸しの上体を震わせてうなずいた。

奥へ、と吉蔵に命じ、取次の間で待っている二、三人の年寄りに、

「ごめんなさいよ、小さい子が井に落ちた、急を要するので先に診《み》ます」と廊下から断り、台所に向かって、お時、お兼、湯を沸かして晒《さらし》を、と大声で呼ばわる。

母親らしい女がついてこようとするのを、五郎三郎《ごろさぶろう》が制し、大丈夫ですから、こちらでお待ちなさいと取次の間を示す。

順番を待っていた老人たちが、女を取り囲んで、なにかとなだめ始めた。

お時とお兼が、一巻《ひとまき》の晒と何枚もの手拭を持って入ってきた。

五郎三郎が油紙を敷き、子どもをうつ伏せに寝かしている。

お時が濡れた着物を脱がせ、晒を子どもの身体《からだ》に巻いて水気を取り、身体をこすり始めた。

「お兼、この子を連れてきた人たちに乾いた布を」

お兼がはいと答えて出ていく。

長屋ごとに掘られている深井戸に落ちたのでは、大人でも命はおぼつかない。おそ

らくこのあたり一帯に新たに水道を引くため、青山上水から分けた水を樋《とい》に流すのに一時貯めておく桝井《ますい》に落ちたのだろう。

できたのがついこの間なので、めずらしがってまわりで遊んでいる子どもが井桁《いげた》に乗って足を滑らせることがよくある。辻や角にあって周囲に人の足が絶えないから、自分で這《は》い上ったり大人に引っ張りあげられたりしておおかたは大事にいたらないのだが、運悪く周囲にだれもいない時に、桝の角に頭をぶっつけて、気を失っているのがみつかることもあるのだ。

花世は、子どもの胸に手を当てた。それから耳を近寄せ鼓動を聞き、入念に肺の音も聞く。

「息を吹き返させるのと一緒に、身体を温めねばならない。熱い湯を早く」

すぐにお時とお兼がそれぞれに湯気の立つ盥《たらい》を運び込んできた。急の客が担ぎ込まれたときは、台所方でとにもかくにも熱湯を用意するよう言ってある。

お兼が晒を熱湯に浸し、固く絞ってお時に渡す。お時が子どもの全身を晒でくるむが、すぐに冷えてしまう。熱い湯に晒をつけてはしぼりしているお兼の手が、みるみる真っ赤になった。

「おっかさまの肌で温めるのが一番いいのだが、ここではなんだね」

花世が辺りを見まわしながら言った。

温めるほうも素肌でなければならないが、治療にかかわっている五郎三郎が座をはずすわけにはいかない。

男よりも女の方が肌が熱い。それも若いほどいい。吉蔵も助蔵も、男だし年齢もいっている。肌の温度が低くなっているから、あまり効果がないのだ。

と、いきなり廊下側の襖が押し開けられた。

「わたしが、温《あ》ったためやしょう」

言うなり入ってきた勘五郎が、さっと着物を脱ぎ捨てた。

「勘五郎さん、まだ無理をしては――」

花世が止める間もなく、ご免なすって、と五郎三郎を押し退ける。五郎三郎が男の気色に押され、思わず身体を引いた。

すると男は、こんな具合でよござんすか、と右手で軽々と子どもを抱き上げ、自分の腹に乗せ仰向けに寝転がった。

あっ、み、右手を――と、五郎三郎が叫ぶように言う。

「なあに、子どもの命にくらべりゃあ、腕の一本や二本」

五郎三郎がおろおろしていると、

「花世先生、早く子どもの息を吹き返させておくんなさい」と、抱き上げた子どもに、そっと自分の四肢をからめた。

花世は、しっかりとうなずいた。

男は、子どもの頭が自分の顎《あご》の下に入るように、仰《あお》のく。

花世は、子どもの上に体を倒した。

胸をさすりながら、唇を子どもの口に押し当て、静かに息を吹き込む。

二度、三度、息を吹き込んで少し休み、また吹き込む。なんどもなんども、くり返す。

どのくらい経ったか、ぐふ、というような音が、子どもの喉から聞こえた。

花世が、すばやく子どもの身体を返した。

その背を軽く叩きながら、右手を胸の側に入れ、下からさすり上げる。

げへっという音を発して、子どもが口をぱくぱくさせた。花世は、背と腹の両方をこすり上げた。

げへっ、げへっと子どもが口から水を吐いた。

五郎三郎が、すかさず銅《あかがね》の皿を子どもの顔に近寄せたが、吐いた水が男の胸にかかった。

お時が、男の胸を拭《ぬぐ》い、子どもの口の傍も拭く。子どもは、苦しそうな息といっしょに何度か水を吐き、しばらくして、大きく息をした。

花世が子どもから身体を起こした。晴れやかな笑顔をみせる。

お時が立って、取次の間に入っていった。

「助かりましたよ」

わっと女の泣き声が上がる。

お時に手を引かれ、女が入ってきた。

裸の男の胸の上に横たわる真っ裸のわが子のすがたに、女は一瞬立ちすくんだが、お時に背を押され、かんたっと叫んで子どもの顔に飛びついた。

花世が女の肩を押さえ、

「もう大丈夫です。息が戻りました。しばらくわたしたちに預けて下さい」と穏やかに言う。

お時が女の手を子どもから放させ、隣の部屋に連れ帰った。

お兼は、真っ赤になった手を胸の前で握り合わせ、祈るような素振りをしている。

「勘五郎さん、ありがとうございました。あとは、わたしたちが温めます。その子を五郎三郎に渡してください」

花世が言うと、勘五郎は、

「だいぶ温ったまってきやした、もちっとこうやっていやす」

しっかりと子どもを抱え直した。

子どもはまだ目は閉じているが、ときどきしゃっくりのような息をついている。

五郎三郎が、

「勘五郎さん、あなたの手の包帯を巻き直さなければなりません、先生のおっしゃるように、その子を渡して下さい」と言うと、男は首をもたげて、子どもの顔をのぞき込んだ。

「このぼうず、かんたって名らしいや」と屈託《くったく》なさそうな笑顔になった。

三十六

子どもを勘五郎の隣の、いま一つの病間に移して暖かにして寝かせ、母親を呼んで見守らせて、花世は、待っていた老人たちの応対をすませた。

結句、奥に戻ったのは午《うま》の刻前どころか、八つ少しまわったころになっていた。

子どもは一度目を開けたが、母親の顔を見て安心したのか、ぐっすりと眠っているという。あとは、肺腑に水が入っていなければ、なんの心配もいらない。胸から異常な音は聞こえないし、息も苦しそうではないので、たぶん大丈夫だろう。念のためしばらく様子を見ることにして、目が覚めたら例の白砂糖入りの甘い煎薬《せんやく》を飲ませるように、五郎三郎に言ってある。

小昼《こびる》を持ってきたお時が、

「ほんとうにひいさまは、おやすみになれない方ですねえ」とうれしそうな顔をする。おまえがよろこぶことはないだろうが、と言うと、

「いえいえ、いつぞや田能村《たのむら》さまに、ひいさまがお暇の時にお江戸見物をごいっしょにと申上げました時に、小人閑居《しょうじんかんきょ》してなんとやらだから出掛けようとおっしゃったのを、つい思い出しまして」

いっそううれしそうな顔になる。

そういえば、この春の騒ぎのとき、たしかにそんなことを言われた。

「わたしも、なにかに巻き込まれているほうがいいようだ、所詮、お歌など作るはおろか、本さえ読めないのだよ」

貧乏性とでもいうのかねえ、と、半分は本気でがっかりする。

「それにしても、勘五郎さんというのは、なかなかのお人ですねえ、感服いたしまし

た」

本人は、五郎三郎に包帯を巻き替えて貰《もら》いながら、出過ぎたことをしちまって、と小さくなっていた。

「そこがまた、ようございます。鉄砲職人は気が荒いということですが、勇気があるうえに料簡がいいというのは、めずらしいことで」

「だが、これでせっかくできた皮膚があちこち剝《む》けた。恢復《かいふく》は遅れるだろうよ」

井に落ちた子どもを抱いたのだ、化膿菌などがつかなければいいのだが、そっちの方が心配になってきているよ、と花世が言う。そこへ、

「勘五郎のことでございますが」と吉蔵が入ってきた。

「小僧のころから榎並《えなみ》で修業して、火熱や暴発を少しも恐れないのでいい腕になり、十六の歳《とし》には榎並で二番手の職人になったそうで」

そうだろうと思っていましたよ、とお時がひとりで合点している。

「年若なので職人頭《がしら》というわけにはいかないが、榎並ではお大名家から名指しで注文の来るような職人になっていたそうですが、この春から、泉州堺へ修業に出たってことで」

なんでまたいまさら他国に修業になど……と、お時がいぶかる。

泉州堺は、太閤さまの時代には鉄砲職では日本一といわれた地だが、徳川の御代《みよ》になって榎並が江戸に招かれ、近年は諸国に鉄砲作りの厳しいご禁制が出ているので、職人の数も減っているはずだ。

いまは堺も、井上とかの一家だけになっているという話でやすが、と吉蔵が言い添えた。

「おそらく春から、幸町の屋敷に行かされていたのだろう」

それでは勘五郎さんは、そのお屋敷に閉じ込められて、鉄砲を作らされていたのでしょうか、とお時が気の毒そうに眉をひそめる。

大恩ある親方の命には、武士の主命同様、どんな無理でも従わないわけにはいかないのが職人の世界だ。断れば江戸で職人として立っていけない。

「それにしても、市中《まちなか》の屋敷内で鉄砲など作って、見つからないと思っていたのでしょうかねえ」

「音はむろんのこと、煙硝《えんしょう》の臭いも洩れないように地下蔵に手を加え、その中で仕事をさせていたのだろうよ。幸町とあてがついてから、わっしも目立たないようにあのあたりをまわってみたが、まるでわからなかった。ひいさまは、たいそうなものだ」

お時は、ひいさまはお目も耳もお鼻も、並外れてよくお利きになりますから、とあ

来ましょうに」

「そんな危ない仕事なら、ご領国か、せめてお下《しも》屋敷ででもすれば、もっと気楽に出

っさり言って、

そっちの方にあきれている。

「大名で江戸近くに領地がなければ、領国に公儀御用の鉄砲鍛冶を送り込むなど、ずいぶん面倒だろう」

「そうおっしゃればたしかにそうでございましょうが……」

「御成橋際の屋敷内で、そんなだいそれたことをしているなど、だれだって思いも寄らない。そこが付け目だったのかもしれない」

「ですがそんなせまいところで勘五郎さんひとりに鉄砲を作らせたって、月に一挺《ちょう》か二挺でしょうに、どうするつもりなんでしょう」

「わたしもそこがわからない。もっと大勢の職人をおいていたのが、たまたま勘五郎が外に出ようとしたのだと思っていたけれど……」

勘五郎が話してくれればいいが、いまはまだ無理に聞き出さないほうがいいと、花世が言う。

「助蔵がお奉行所に参りました。お帰りにお立ち寄り下さいという言伝《ことづ》てはいつもし

ていやすから、取次の同心も当たり前に受け取ったそうで」

門之助《もんのすけ》さまのお越しはほんとうに久しぶりでございます、紅梅茶をご用意いたしましょう、とお時が張り切る。

かんたを診てこよう、と花世が立ち上がった。お時も吉蔵も花世にしたがって居間を出た。

三十七

表方に通じる廊下を歩いていると、子どもの笑い声が聞こえてきた。勘五郎の声も聞こえる。

病間に入ると、勘五郎が子どもを腹の上に乗せてゆすぶり、あやしていた。

止めたのですが……、と五郎三郎が困惑している。

「勘五郎さん、せっかくここまで順調にきて、いままた皮がはがれたら、一からやり直しですよ、それどころか、傷から悪いものが入って、どんどん肉が腐っていくこともあるのです」

子どもの母親が、顔色を変えた。

「い、命の恩人を……」

男は笑いながら、

「なあに、どうせ役立たずになっちまった腕だ、どうなろうとおいらは構わねえ。それより一時《いっとき》でもぼうずが笑って、怖かったことを忘れてくれりゃあ、腕一本なくした甲斐があるってもんだ」

なあ、ぼうず、と子どもの顔をのぞき込む。

母親が、わっと泣き倒れた。

こどもが勘五郎の身体から滑りおりて、母親にしがみつく。

「おっとっと、おっかさん、せっかくおいらが機嫌よくさせているのに、ぼうずにかなしい思いをさせちゃあいけねえ」

こっちへこい、と子どもを抱き上げた。

五郎三郎がはらはらして手を差し伸べるが、男は、おらよっと、と腹の上に差し上げる。

「しようがありませんね、ま、また悪くなったら、柳庵のありったけのお薬を使って、治すことにしましょう」

花世が言うと、男は、へへへ、と照れ臭さそうに目を細め、

「ぼうず、今夜はここに泊まっていけ、おいらが花世せんせいに頼んでやるからな」

花世は、それがいいでしょう、一晩診れば、あとは安心です、と母親に向かって言う。

身体を起こした母親は、と、とんでもないことで……と口の中で言う。

「なあに、薬礼なら、おいらが先払いしてある、気にするこたあねえよ」

それになあ、と子どもに向かい、

「柳庵さまは、ほんとうにうまい飯を食わせてくれるんだぞ、さっきの薬も、甘くてうまかったろうが」と言う。

五郎三郎も苦笑いするだけで、なにも言わない。

花世は、診るまでもないね、頼んだよ、と五郎三郎に言って、病間を出た。

台所に立ち寄り、お時に、

「勘五郎があの子を放さない。今夜一晩泊めることにした。水と一緒に悪いものを飲み込んでいて夜になって腹痛を起こすかもしれないから、ここにいてくれた方がこちらも安心だからね。子どもが気にしないようなら、母親には帰っても大丈夫だと言っておくれ。むずかったら、お梅に頼もう」

それはなによりでございます、とお時が笑顔になった。

「夜食には、またふわふわを作っておくれ。きっとかんたも好きに違いないからね」

お時がはいはいと返事を二つする。

「柳庵の飯はほんとうにうまいそうだよ」

台所の女たちがいっせいに笑った。

このところ、台所向きに笑いが絶えない。

幻術騒動を女たちに知られずにすんでよかったと思いながら、花世は居間に戻った。

夜食まで、歌の本を読もうと思ったが、奥の居間にはない。また表方まで行って、書院から探し出してくるのも面倒なので、読みかけの蘭語の書物を開いた。

しかし、どうもまだ書物の中に入っていけない。

あの屋敷は、今後どう出るだろう。

吉蔵の言う通り、勘五郎を守るために、未来永劫《えいごう》、吉蔵の手下に屋敷を守らせるわけにはゆかない。彼らとて、いまはそれぞれ市井《しせい》の片隅で、ささやかな職を持って暮らしを立てている。前歴を知らぬ女と一緒になり、子をなしている者もあると聞いている。花世は、彼らの顔を直に見たことは一度もないが、父与兵衛の寛大な裁きに刑を免じられたゆえに、花世のために命を惜しまないことでは、吉蔵と同じだという。

花世には、それもまた気の重いことだった。

自分は吉蔵にさえ、なにもしてやれない。ましてその手下となると、顔さえ知らない。そんな彼らに無理をさせ、ひょっとだれかが奉行所の目についたりすれば、せっかくつましく堅気暮しをしている一統すべてに累《るい》が及ぶ。万が一そういう事態になっても、かれらは決して柳庵とのかかわりなど口にしないだろうから、花世には、どうすることもできないのだ。

まだしも門之助の方が、難しい捕り物の下手人《げしゅにん》を探る緒《いとぐち》をつけたり、ある場合は実際に捕らえる手助けをしたこともあるのだから、五分と五分の間柄といえないこともない。

勘五郎は、口が利けるとなってから、本来の気質をも取り戻したか、すっかり柳庵に溶け込んで伸び伸びと過ごしているようだが、自分が追われる身であることは重々承知している。これ以上の迷惑を柳庵にかけないようにと、いつどんな行動を取るかわからない。それを阻《はば》むのは、ほとんど不可能だ。

このごろため息ばかりついているとお時が言ったけれど、まったくのところ、ため息をつくしかない。自ら危機にさらされながら、だれかのために進んで闘うのは、なんでもない。突き進めば自ずと道が開ける。が、今度ばかりは実に動きにくい。

助蔵がやってきた。

「かんたのおっかさんは、お預けしますと何度も何度も頭を下げて帰っていきました。かんたの下にまだ三人いるそうで、姉娘が面倒を見てるが夜食は作れない、亭主もそろそろ戻る時分だと言ってましたから、職人の女房じゃないでしょうか」

お兼さんが、玉子を持たせてやってましたと頬を緩めたが、

「勘五郎は、口が利けるようになったので、たいそうはしゃいでいます。かんたを泊まらせておいて、なにか仕出かすかもしれません。かんたが寝ついたら、あっしが張り付きます」

「わたしもそれが気がかりだ。夜食はいつもの病間で、かんたといっしょにさせておくれ。子どものことだ、お腹がふくれれば、すぐ眠くなるだろう、そしたらおかよの部屋に連れていって、お梅にまかせるといい。おまえは、寝間をかんたに取られたとでも言って、勘五郎といっしょに病間でやすんだらいい」

そういたしましょうと、助蔵が出ていくと、入れ替わりにお時が、お夜食でございますよと膳を運んできた。

三十八

今日も玉子尽しの夜食がすむと、お時が、今夜こそ、門之助さまがおいでになりますよね、と念を押すように言う。

この度の一件とはかかわりなく、例の通り柳庵が頼み事があるというような言い方をさせたから、私事としておいでになると思うと答えたところへ、五郎三郎が茶碗と帳面を持ってやってきて、門之助さまがお越しになりました、と言った。

すぐに客間へ、紅梅茶を頼むよ、とお時に言い、せっかくだから一口飲んでから客間に出よう、と五郎三郎の持ってきた茶碗を手にした。

客間の前の廊下に、門之助が座していた。

「またそのようなところに。どうぞお入り下さいまし」

花世が声をかけたが、門之助は平伏し、

「まことにもって……」

身体が、小刻みに震えている。

「申しわけのないことを……本来なら……参上いたすことのできぬ身にございますが……」

顔を上げぬまま、聞き取れないほどの声で言っている。

「なにを言われます。さ、中へ」

門之助は、いえ、と首を振る。

「庭上にてお詫び申し上げようと思いましたが、吉蔵が、それではかえって花世さまにご無礼だと――」

「そんなことはどうでもいいのです、話したいことも、伺いたいこともたくさんあります。ひとまず座敷に」

言いながら花世も廊下に膝をついた。

門之助が、にじり下がる。

「困りましたねえ」

またため息をつく破目《はめ》になった。

「門之助どのがどうしてもそこにおいでなら、わたくしもここに座ります」

膝を接するほどの近さで、花世は廊下に座した。

それでも門之助は、動こうとしない。

さすがに花世も困惑していると、台所からお時が盆を捧げてやってきた。

「まあまあ、お二人ともそんなところでなにをなすっておいでです。奉公人がみたら、びっくりいたします。ひいさま、お先にお座敷へ」

言われて花世も気づき、立ち上がった。

「長いお馴染《なじ》みではございませんか。あなたさまのお気持ちがおすみになることより
も、ひいさまのお心が第一でございますよ」
門之助は、はっとしたようにお時を見た。
「ひいさまが門之助さまに、殿さまお好みの紅梅茶をお出しするようにとおっしゃっ
ておいででしたので、ご用意いたしました。取っておきでございますよ。冷めまして
はひいさまのお心を無にすることになります。お早くどうぞ」
湯を差すと高い香りを放ち、あざやかな紅になる紅梅茶は、父与兵衛が、難事に向
かうとき所望したと聞いている。特に濃く出すと苦味が増して、目覚めるような心地
になるのだ。
「――紅梅、茶……」
門之助は、ぼんやりと遠くを見た。
さ、さ、とお時が脇に寄って門之助の肩を押した。
門之助は肩を押され、ふわっと立ち上がった。
先立ったお時について、座敷に入る。
「まず、お飲みくださいまし。さ、ひいさまから」
花世がうなずいて、真っ白な有田茶碗の蓋の、朱色のつまみを取った。

見込みに茶花の蕾《つぼみ》が小さくひとつだけ、朱色の線で描かれている。紅の茶の下で、静かに開く時を待っているようだ。

「よい香りだこと。はじめて父上から紅梅茶を飲ませていただいた時のことを、思い出しました」

茶碗を口もとに持っていった花世が言う。

「ええ、ええ、あのときのひいさまのお顔といったら」

お時が勝手に相づちを打つ。

「きれいな色のお茶をお二人がとても美味《おい》しそうにお飲みになっているのを見て、おねだりしたのだけれど」

「そうしましたらまあ、その渋いこと渋いこと」

お時が笑いながら、花世の代わりに言う。

「あんな渋いものを口にしたのは、生まれて初めてだった」

お時が、わたくしも、差し上げた覚えがございません、とまたほほほと笑う。

「門之助どのが長崎に見えられて、間もないころだったね」

「そうでございますよ、殿さまは、門之助さまが赴任なさるとすぐからたいそうお気に召して、よくご別宅へお連れ帰りになりました。でも門之助さまは、いつもかちかちになりでしたねえ」

「そ、それは、御小人目付《おこびと》にお取り立てになったばかりのところで長崎に赴任いたし、若輩の身でいきなりお奉行のおそばに仕えることになったので、ただもう、無我夢中でございましたゆえ」

思わず門之助が口を開いた。

「あの日は殿さまのご機嫌がよく、今日は門之助がよい働きをした、褒美に紅梅茶を、とおっしゃって、わたくしがお煎《い》れしたのですよ」

「それからしばらくは、紅梅茶と聞くだけで、口の中が渋くなったよ」

花世もほほえんで言う。

「でもいつのころでしたか、白砂糖を入れて飲むと美味《おい》しいよとおっしゃって、それからは小昼に、ぶろーどといっしょに砂糖をたくさんに入れた紅梅茶をとお好みになることがよくおありでした」

お時の言葉で思い出したか、花世が、

「そういえば、砂糖入りの紅梅茶など、ずいぶん長いこと飲んだことがない。お時、替わりを頼んでもいいかえ」

「どうぞどうぞ、今夜は門之助さまがおいで下さったのです、大盤振舞いたします」

上機嫌で立っていこうとするお時に、

「吉蔵も呼んでおくれ、でもあれは紅梅茶が苦手だから、振る舞わなくてもいいよ」

と笑いながら言う。

お時は、はいはい、大丈夫でございますよ、と返事を二つして請け合った。

「それより門之助さま、冷めましてはそれこそ渋いだけになります」

「お時の言う通りですよ」

門之助は、じっと目を伏せていたが、

「殿さま、頂戴仕ります」

大声で言うとばたりと手をつかえて一礼し、茶碗の蓋を取った。

いつくしむように茶碗を両の手で囲い、

「殿さまは、まことに……まことに、ご立派な、お奉行でいらっしゃいました」

一語一語、嚙みしめるように言う門之助の目に、涙がにじんでいる。

「いまなお、そのように言っていただけて、ありがたく思います」

花世は、静かに答えた。

しばらく二人とも、黙って紅梅茶を口に含んだ。

ごめんなすって、と吉蔵の声がした。

お入りと応じると障子《しょうじ》が開いたが、吉蔵は廊下に座したままである。

花世がもう一度お入りと言ったが、吉蔵は、いえ、こちらで、と答える。

「今宵は門之助どのに、この中《じゅう》のことを聞いていただかねばならない。そこでは話が遠い。女たちに聞こえてもいけない」

吉蔵は、それではと座敷に入って障子を閉ざした。

「客人が担ぎ込まれてから柳庵がどんなことをしてきたか、一通りお話しいたします。落ちがあるといけないので、吉蔵にも聞いてもらって、お時がきたらそのままここにいさせ、あれが出過ぎたことをして、どんな怖い目に遭ったかも、話させましょう」

門之助が、深くうなずいた。

三十九

お時が戻ってきた。

盆には、首も注ぎ口も長い明国の茶瓶《ちゃびん》に小さめの茶碗が三つ、ともに白地に朱色の菱形卍文《ひしがたまんじもん》で形どられている。でぃあめんとの器に白砂糖が盛られ、銀の小さいれんげるも添えてあった。

「こちらでお注ぎいたしましょうと思いまして」

お時は、茶碗にそれぞれ等分に紅の茶を注ぎ、砂糖はお好き好きに、と、盆のまま置いた。

わっしは紅梅茶と聞くだけで口中が渋くなりやすので、ご免をいただきます、と吉蔵が言う。

花世が、おやという顔でお時を見た。

「砂糖を入れますと、渋みが消えますすよ」

お時が素知らぬ顔で言う。

「お釈迦《しゃか》さまじゃあるまいし、甘茶はいっそう苦手だ」

花世が吹き出した。

「ではお時、吉蔵の代わりにおまえお飲み」

お時は、得たりとばかり、

「さようでございますか、それでは吉蔵どんの名代で頂戴いたします」とにんまり笑った。

それぞれが好みに砂糖を入れ、ゆっくりと味わう。

花世が茶碗をおくと、座のものがみな居住まいをなおした。

花世は、勘五郎が担ぎ込まれてきたときの様子から、話し始めた。

門之助は、一言も聞きもらすまいというように、上体を傾けている。

花世は、ときどきお時と吉蔵に顔を向け、同意を求めたり確かめたりしながら話し進んだ。

幸町の屋敷の話になったとき、お時が口をはさんだ。

「ひいさまは、深更《しんこう》にお出ましになるとき、殿さまお形見の脇差を帯びておいででした」

門之助が、はっと手をつかえた。

「そ、それでは……」

「お時が台所にいる間に支度をしましたが、みんな見通されてしまうのでねえ」

花世がほほえんで門之助を見た。

ひいさま六つのお歳からお仕えしております、とお時がいつものように言う。

「未熟者ですから、ときどき父上のお力をお借りするのです、あの夜に限りません」

「ひいさまは、六助が戻ってきたことで、門之助さまのご覚悟をお察しになったご様子でした」

お時が言う。

門之助は、なにか言おうとしたが、唇を動かすだけで言葉が出ない。

「ひいさまをお信じ申しておりましたが、万一お怪我でもあれば、門之助さまは……」

さらにお時が言葉を加えると、門之助が顔を上げた。

「生きてはおりません」

淡々と言う。

「父上が、お哀《かな》しみになりますよ」

花世が、おだやかに言った。

「それに、わたくしはお師匠さまから、先んじて抜くなと、厳しく言い渡されていますからね」と言って、

「いままで申したことは、おおかたは門之助どのもご存じと思います。こんどは、わたくしの方からお伺いしてもよろしゅうございますか」

なんなりと、と門之助が答える。

「お話になりにくいことは、おっしゃらないで下さい。無理にお聞きするのは、わたくしの本意ではありませんから」

門之助は、花世さまお心を第一といたす所存でございます、と堅苦しく答えた。

「奉行所は、以前から幸町の屋敷を遠巻きに見張っていて、勘五郎が柳庵に担ぎ込まれたことを知ったのですね」

門之助がうなずく。

「日ごろの柳庵の客への応対を知っているお方が奉行所にいて、いい按配《あんばい》だと囮《おとり》としたのでしょうね」

お時が、ひいさま、と声をあげた。

大丈夫だよ、と花世はほほえんで、門之助を見返った。

門之助は、だまってうなずいた。

「あの夜六助は、柳庵を見張っていた奉行所役人に見咎《みとが》められたのですか」

「そのように聞いております」

「六助の身元が判っても奉行所に止めおいて、そのわけをわたくしに推しはからせ、なんとしても柳庵を動かそうとした……」

門之助が苦しそうな顔で頭を下げた。

「そんなやり方を思いついたのも、同じお方だった……」

門之助の頭がさらに低くなる。

吉蔵が口をはさんだ。

「六助は、はじめ二日は奉行所の小者部屋に閉じ込めれていたそうですが、三日目から門之助さまのお役宅の手伝いをするようにと言われ、よろこんで伺ったと本人が申しておりやした」

「その扱いは、門之助どのがお申し出になったのですか」

花世の問いに、門之助はますます苦しそうに眉を寄せた。

「いえ、上からの……」

「それで、安心しました」

花世はにっこりと笑った。

「あとは、勘五郎を守ればいいのです。いえ、なんとしても守り切らねばならない。失敗すれば、わたしは術師を犬死にさせた悔いに重ねて、生涯苦しむことになる」

花世の言葉の重さに、三人とも黙したままである。

「あの男は、奉行所の包囲網に気づいたとき、所詮逃れることはできないと観《かん》じたのでしょう。あのような人々は、どんなに危難が迫ってもだれにも助けを求めることはできず、また、だれも助けないと聞いている。おそらく、十次郎さんが自分と目を合わせないようにしていたのを見て、柳庵に素姓を見破られたと思っただろうね」

しばらく沈黙が座を覆った。

「それでは……」

お時が、おそるおそる口を開いた。

「わたしどもを鶯谷《うぐいすだに》へ向かわせたのは――」

「あの男の主《あるじ》がおまえたちを除けと命じ、当初はそのつもりだったのかもしれない。けれど飛脚が飛び込み、奉行所与力が通りかかったことで、諦めたのだろう」

「で、では、やっぱりあの飛脚は……」

お時が目を剝く。

「わからないよ。仮りに偽《にせ》の飛脚にしても、わたしたちにそれと知れるようでは、奉行所の手先は勤まらないからね」

「飛脚の話など、聞いておりませんでした」

門之助が憮然《ぶぜん》として言う。

「この度の件で采配をふるったのは、並ならぬお方ですね。人の本性を読み、その先を見通して、随時戦略を変える。しかも、味方とて、すべてを明かしなどしない」

「いったいどなたなのです、門之助さま。ひいさまを囮にするなど、とんでもないお方です。ひいさまは、お命を賭けられたのですよ」

お時が嚙みつくように問う。

「門之助どのを責めてはいけないよ、これがご政道というものなのだろうから」

そんな……、と、お時は唇を噛んだ。

「おまえたちは、わたしを二人といない人間と思っていてくれるとしても、この日本国には、何百万もの人間がいる。そのすべてと秤《はかり》にかけたなら、わたしなど一粒の米よりも軽いのだよ」

花世は、静かにほほえみながら言った。

「そうやって何百年も掛け、何百万もの人間が死んで、やっと天下が治まり、戦さのない徳川の御代となって、まだたったの六十年が経っただけなのだからね」

「ですがそれを、ひいさまが……」

半分泣き声でお時が言う。

「ひいさまがなさらなくとも――」

「わたしは、正しいことをやっているという名分のもとに、お時と十次郎さんを、怖い目に遭わせた。そして術師を死なせることになった」

お時が、息を引いた。

「ひいさまは、このところで何度か、世の中は情だけでは渡れない、と自らおっしゃった」

吉蔵が、思いがけないことを言った。

花世はうなずいて、

「情をいえば、わたしにとって、お時、吉蔵、そして門之助どのは、他のどんな人間にも替えがたい。だが情を抜きにすれば、勘五郎が第一だ。十次郎さんは昨今の隣人に過ぎない。そして術師は、情としても、柳庵の医師としても、わたしにはなんのかかわりもない」

「そ、そうおっしゃれば……」

門之助が、それだけ言って絶句した。

「戦さは熄《や》んだが、公《おお》けのために私《わたくし》を捨てる武家の治世は、まだまだ続くだろうね」

花世は、そこでふと笑みを見せ、

「思いがけず話が理に落ちた。とにかく、勘五郎をどうやってこの手薄な柳庵で守るかだ。吉蔵の手の者をこれ以上当てにするわけにはいかない。だがほっておくと、あすにも勘五郎は柳庵を出ていってしまうだろう」

門之助が、意を決したように花世を真正面から見た。

「花世さま、わたくしがその男に会ってみましょう。お引き合わせ下さい」

花世はうなずいた。

「門之助どのの、お気持ち次第です」

では早速に、と立ち上がろうとした門之助を、花世は止めた。

「桝井に落ちたのを介抱して助けた子どもが気に入って、同じ部屋に泊めるといっています。名がかんたというので、それもうれしかったのでしょうが、少しはしゃぎすぎているると助蔵が危ぶんで、つききりでいます。まずわたくしが行って、様子を見て参ります」と立ち上がった。

四十

花世が病間に入ると、勘五郎は助蔵となにやら熱心に話し込んでいた。

「おや、かんたはどうしたのですか」

「眠いとむずがり始めたので、お梅どんにあずけました」

助蔵が言う。勘五郎が、

「あんまり可愛《かあ》いかったんで、つい一晩一緒に寝ようと思いやしたが、考えてみると、弟のやつと一緒に寝たのはもう一昔以上も前のこって」と頭を掻く。

「お梅は、弟や妹の面倒をずっとみてきたので、子どもの扱いは上手ですから安心して下さい。助蔵と話が合っていたようですね」

「勘五郎さんもわっしも、職人のせがれだってことがわかりましたもので」

助蔵が言う。そういえば、吉蔵に呼ばれて柳庵に来るまで、武州大宮で鋤鍬《すきくわ》を作っていたと聞いた。

「勘五郎さんは、おとっつぁまを早くに亡くされましたか」

花世が訊くと、勘五郎はおやという顔になった。

「あっしは親父の話をしましたでしょうか」

花世は笑って首を振り、

「毎朝お祖父《じい》さんが玉子を二つ買って、半分を勘五郎さんに食べさせてくれたと五郎三郎が言っていましたから」と言うと、

「ああ、じいさんは無類の玉子好きでしてね、腕のいい錺職《かざり》で、親父と二人で稼いでくれてやしたから、毎朝玉子を五つや六つ買ったって、どうってこともなかったんですが、その親父があっしが六つの歳に死にやして、それからは二つになっちまったんで」

「弟さんには食べさせなかったのですか」

次郎吉は因果なことに玉子が嫌《きれ》えで、と笑った。弟は次郎吉という名らしい。

「勘五郎さんは、太郎吉という名ですか」

「ど、どうしてそれを……」

こんどこそほんとうにびっくりして、ぽかんと口を開けた。

「へええ、花世せんせいは、まるで神さまだ」

「外科の腕前は、神さまだがね」

助蔵が笑う。

「兄が太郎吉で弟が次郎吉というのは、よくある名付け方ですからね」

「たしかに、そうかもしれやせんねえ」

ううーん、としきりに感に堪えている。

「勘五郎は、親方から貰《もら》った名ですね。もしやあなたの親方は、榎並勘左衛門ではありませんか」

とたんに勘五郎の顔が暗くなった。

へい、とうなずいたが、顔を伏せる。

「ところで、あなたに会いたいという人がいるのですが、どうしますか」

上げた勘五郎の顔は、口が利けないころとおなじ固い表情に一変していた。

「どういうお方ですか」

「わたくしの子ども時分からの馴染みです。父の下で働いていました」

「せ、せんせいのお父上ってぇば、長崎……奉行――」

「おや、勘五郎さんこそ神さまですね」

花世が笑いながら言うと、助蔵も声に出して笑った。

「そういえば、あなたが火傷《やけど》をしたとき、肩を貸して柳庵に連れてきて、一両という大金を薬礼において姿を消してしまったお人は、あなたの朋輩《ほうばい》ですか」

勘五郎は、いえ、と小さく答え、またうつむいてしまった。

「でも、おなじところにずっといっしょにいたのですね」

うつむいたまま、もう一度うなずく。

「ひょっとしてその人は、あなたとおなじような気持ちを抱いて苦しんでいたような気がしませんでしたか」

勘五郎が、はっと顎《あご》を上げた。

「これからあなたに会わせたいお方も、こんどのことでは、同じような立場で苦しまれたお方です」

勘五郎は、花世を正面から見つめた。

「花世せんせいは、あっしの命の恩人です。おっしゃる通りにしやす」

花世は、ありがとう、ではここへ連れてきます、と客座敷に戻った。

花世の戻りが意外に遅かったゆえか、座敷の空気が重くなっている。

お時がほっとしたように、いかがでした、と膝を進めた。

会うと言ったと答え、門之助に向かい、

「ご身分もお名も言っておりません。ただ、わたくしの幼いころからの馴染みで、父上の下にいた方とだけ」

わかりました、と門之助が答える。

花世は、勘五郎との会話のあらましを語って、あとのことは、門之助どのと勘五郎でどのような話が進むか、ようすを見てからにしよう、とふたたび病間に向かった。

第八章　勘五郎の告白

四十一

表方への廊下の手前で、

「おまえたちは遠慮しておくれ。助蔵も、かんたのようすを見にいかせる」

二人に言うと、門之助《もんのすけ》だけを病間にいざなった。

「長崎で父上の配下だった片岡門之助さまです」

勘五郎は、へえっと手をつかえた。

「さっき言った通り、わたくしの幼なじみともいうようなお方です。わたくしに言うのと同じように、気楽に話して下さい」

かたわらにいた助蔵が、わっしはかんたのやつが、お梅どんに手を掛けさせていないか気になりますんで、ごめんなすって、と座敷を出ていった。

「わたしは、奉行所与力だ」

門之助が、のっけから身分を明かした。

勘五郎は、ひえっと頭を畳に擦りつけた。

「勘五郎さんは、なにも悪いことはしていないのですよ、そんなに恐れ入ることはありません」

花世《はなよ》がとりなすように言ったが、門之助は、

「いえ、江戸の町人は、町方と聞いただけで、恐れます。町方役人は、民を守るのが本来の役目です。それがただやたらに恐れられるのは、じつに悲しいことです。長崎では殿さまのお供をいたして町を歩いても、そのようなことはあまりなかったように思います」

殿さま……ってえと、と勘五郎が首をもたげた。

「花世せんせいのお父上さまのこって……」

「おそばにおいていただき、たいそう可愛《かわい》がっていただいた」

「てえと、旦那は長崎奉行の与力で」

「いや、いまは北町奉行所勤務だ」

門之助が苦笑する。

はあぁやっぱり、と勘五郎が妙なことを言った。

「やっぱりというと、北の与力がおまえに会いに来ると、だれかが言ったのか」

門之助が急《せ》き込んで尋ねた。

「いやいやそうでねえです」

勘五郎が手を振った。

「柳庵《りゅうあん》さまには、北の奉行所にお親しい人がいる、そのお方が、お前が困ったときはかならず力になってくださるって言われたんで」

こんどは、門之助があっけにとられた。

「いったい、だれがそんなことを……」

「もしかするとそれは、さっき話に出た、あなたをここへ担ぎ込んだ人ではありませんか」

「へい」

勘五郎が、こっくり首を動かす。

「小柄だけれど、いかにも武芸にすぐれた、引き締まった身体《からだ》つきの、あなたより少し年上の侍でしょうか」

勘五郎が、またびっくり、目を丸くしてうなずいた。

「ご存じよりの人物でしたか」

門之助も驚いたようだ。

「知っているというわけではありません。が、雨の夜、この座敷に忍び込もうとした侍が、そのような体軀《たいく》でした。もっとも薄い短檠《たんけい》の明かりで、ほんの一瞬見ただけですから、自信はありません」

いいえ、花世さまのお目は、常にたしかでいらっしゃいます、と門之助は断言し、勘五郎に近寄って肩をたたいた。

「安心しろ。その男の言った通りだ。おれはお前の力になるぞ」

勘五郎が、手をついた。

「あっしみてえな職人風情《ふぜい》に、お役人さまが……」

大声を上げて泣き出した。

花世も門之助も、しばらくは黙って勘五郎の泣くにまかせていた。

やがて勘五郎は、涙と鼻水でぐしゃぐしゃになった顔を上げ、右腕の包帯で拭《ぬぐ》おうとした。花世が急いでその手を止めた。

「長い間、辛《つら》かったのでしょうね。もっと早くなんとかしたかったのですが、いろいろ絡《から》みがあって、動けませんでした。人の命を救う医者として、申しわけなく思っています」

と、とんでもねえ、と勘五郎がしゃくり上げながら言う。

「あ、あっしは、死んでもいいと思ってやす、姫さまと呼ばれるお方に、こんなに……」

また、わっと泣き出す。

花世は、懐から懐紙を取り出して、束ごと勘五郎に手渡した。

「あなたに死なれたら、わたしは柳庵の掛け板を下ろさなければなりません。けっして一人合点で無茶をしてはなりませんよ」

勘五郎が、へ、へい、と答えて懐紙を押しいただく。

「花世さまのおっしゃる通りだ。おまえの話を聞いた上で、これからどうすれば一番いいか、考えるつもりだ。ここを出て姿を隠そうなど、間違っても思うなよ」

勘五郎は、へい、と、何度も合点した。

「いつも言う通り、言いたくないことは一切言わないでけっこうですよ。それが、柳庵の流儀ですからね」

「どんな、ことでも、わっしが知ってることは、みんなお話し、しやす」

途中で鼻水を飲み込みながら、勘五郎が答えた。

四十二

「あなたは、師匠から、あのお屋敷の地下蔵で、鉄砲を作るように命じられたのですね」

へい、と勘五郎が答えた。

「はじめから、勘五郎さん一人だけだったのですか」

勘五郎はうなずいた。

「鉄砲の作り方など、わたくしはまったく知りませんが、銃身を鉄板から打ち出したり、木を削ったり塗ったり、色石を飾りつけたものもあるようですし、そのほかにも、薬品を混ぜ合わせて火薬をこしらえ、弾に籠めて、火縄も縒《よ》るなど、たくさんの仕事があって、それぞれに職人がいるのだと思っていましたが」

「へい、そうなんでやすが、あっしは、なんでも一応自分でやってみねえと気のすまない性分で、修業に入ってから十年の間に、全部手がけたんで」

それなら勘五郎が選ばれたのは、腕もさることながら、一人で鉄砲を仕上げることができる職人だったからかもしれない。

「鉄砲鍛冶は諸国にいろんな家があって、少しずつ違った銃を作ってやすが、使ってみればどれもたいして変わりはねえ。なんつっても、あっしらが作ってる公儀御用榎《え》並《なみ》のが一番で」

勘五郎が誇らしげに言う。

「それで、春からいままでに、何挺《ちょう》くらい作ったのですか」

勘五郎は不思議そうに花世を見上げ、ははあ、春からって、よくご存じで、と言ったが、なれてしまったのかすぐ言葉を続けた。

「何挺なんて、とんでもねえ、先様のご注文が、猪や山犬を撃つようなやつじゃならねえ、五十間もはなれた人間を一発で仕留めるような、いままでにねえ強力な鉄砲をってことでやしたから、そう簡単にはいきやせん」

花世と門之助は、息を呑《の》んで思わず顔を見合わせた。

「そのような鉄砲を妄《みだ》りに作ってはならぬというお触れが出たのを、知らなかったのか」

門之助が、つい語調を強めた。

「知ってやしたが……」

勘五郎がうなだれた。花世が、

「もしかすると、公儀御用の鉄砲鍛冶榎並の職人の中で、勘五郎さんだけが選ばれて、ここで作ることを許されたのだと言われたのではありませんか」

とりなすように問いかけると、そ、その通りなんで、と答えた。

いままでだれも作ったことのないような鉄砲を作れと名指しでいわれたのは、職人冥利《みょうり》だと、何枚も絵図面を引き、炉を起こして、さまざまに試みた。

「塗や飾りはともかく、発火が早くて強いものをと、念を入れて考え、あれこれ試しやした」

はじめのうちは、屋敷の庭で、何人もの男が、鉄砲作りについての心得などを勘五郎から聞き上げ、帳面に書き付けていた。仕事中もかならずだれかがそばにいて、勘五郎の技をじっと見ている。新しく図面を一枚書き上げると、その度に持っていって、写しを取っていたようだった。

「その人たちは、みな侍でしたか」

花世が訊《き》くと、

「いや、職人か百姓かって男も何人かきて、手伝ってくれやしたね」と答えた。

「炉をいじくって鋼を伸ばしたり、鞴《たたら》を踏んだり銑鉄《せんてつ》を型に入れたりはけっこうやれたけど、細かい仕事はまるでできねえ連中ばっかりで。材料や道具は前もって運び込んでおきやしたが、勝手の違う仕事場で使いなれた下職《したしょく》じゃないから、どうもうまくいかなかったんで」

いつのまにか、一月《ひとつき》が過ぎた。

材料が足りなくなると、下士《かし》が持ってくる。だが、新規に試したい工夫を思いついても、それに使えるような道具が手元になく、材料も足りない。一度石町《こく》に行って調えてきたいと言ったが、書き出せば運んでやると言われた。

それにしても、実際に作る段になれば、ひとりでは無理だ、いままで使っていた下職をせめてひとりは寄越してほしいと言ったが、それも聞き入れられなかった。

そのうちに、庭に呼び出されることもなく、来る日もくる日も陽《ひ》の射さない地下蔵で、図面を引き、試し作りをし、薬を合わせて弾に籠めなど、一日中仕事をするだけの日が過ぎて、何十日経ったのか、日かずもわからなくなった。

いかに鉄砲作りが好きだといって、我慢しきれなくなって、どうしてもできない箇所がある、石町の師匠に指南を受けたいと言ったが、お前は勘左衛門より腕のいい職人と聞いている、いまさら行く必要はなかろうと言われた。

それならこれ以上はできない、石町へ帰してほしいと言うと、少し待てといわれ、あの男がやってきたのだと、勘五郎は、眉根を寄せ、苦しそうな表情になった。

「わかりました、そのところは、思い出さないで下さい。ただ、ひとつだけ聞きますが、その男は、以前から石町でよく見かけましたか」

よくってほどじゃねえですが、ここんとこ半年ばかり、時々見たような気がしないでもないようで、と答えた。

口が利けなくなってからは、二六時中見張りがつくようになった。ただ、親切な侍が、以前よりもしげく地下蔵に足を運んできて、なにくれとなく話しかけ、ねぎらってくれたのが、唯一の慰めだった。

「そのお侍の、お屋敷でのご身分は、上の方のようにみえましたか」

「まだ若いけどお付きがいて、敬ってやしたねえ。けど、ときたまひとりで来て、そんなときに、柳庵さまのことを話したんで」

ときには夜食を運んできた下士をしりぞけ、隠し持ってきた銚子を取り出して、湯飲みで酒を酌み交わしたこともあった。

「一度、主《あるじ》の命ってものは、よくないことだとわかっていても、従わなきゃならないのだとおっしゃったのが、忘れられねえです」

門之助が、思わず深く顎《あご》を引く。

「あなたが柳庵に来た翌日白扇が投げ込まれました。あれは、屋敷でことなく運んでいれば、白扇を投げ込むというその侍との打合せがあったからですね」

勘五郎は、へい、と申しわけなさそうに答えた。

「おかげで、いろいろとわかってきました。一番辛いことを聞きますが、大丈夫ですか」

花世が問いかけた。

勘五郎は、へい、大丈夫でやす、と、正面から花世の顔を見た。

「あなたは、どうして自分の利き腕を傷つけたのですか」

四十三

勘五郎の頰が、びくびくと動いた。

「あっしは……」

花世が、うなずきながら目でうながしたが、勘五郎は、また下を向いて口を閉ざしてしまった。

門之助が、我慢できなくなったらしく、

「お前は、榎並の職人の中で、ひとりだけ石町に仕事場をもっていたそうだな」と言った。

勘五郎のあげた顔が、少し険しくなっている。

花世が割って入った。

「吉蔵が、勘五郎さんは榎並切っての腕だが、お年が若いから、一番の古株が職人頭《がしら》として鉄砲町を仕切っていて、勘五郎さんは石町の師匠の仕事場にいると言っていましたよ」

すると勘五郎が、大きく息を吸った。

「あっしはじつは、石町の仕事場で、火縄を使わねえ銃をこさえていたんで」

火縄を使わない……と、二人はあっけにとられた。

この国に鉄砲が入ってからこの方、銃とは火縄を使う武器だと、だれもが思っている。

「お武家さまならどなたもご承知でやしょうが、銃ってのは、三十間も向こうの人間に命中させることができる代物でやす。けど、弾籠めに時がかかる。だから一発撃ったら隊列を替えなきゃならねえ。そのため鉄砲隊には人数が必要だ。おまけに口火縄の火を消さねえよう、しょっちゅう振り回して持ってるから、そいつがあやまって火薬に触れて暴発して命落とすって犬死が絶えねえ」

強いられた長い沈黙のあとに、意を決し話し始めたゆえか、勘五郎はしゃべり続けた。

「燧《ひうち》で当金《あてがね》打って火をつける銃があることはあるが、一向、的には当たらねえ。当金叩けば銃身がぐらつく。そうすりゃあさっての方に弾が飛んでくのは当たり前で」

二人とも、勘五郎の話につい引き込まれて聞き入った。

「命中しない銃なんてのは、飲んでも酔わねえ酒とおんなじだ、そんなものあったってしょうがねえ。さいわい榎並には、諸国はむろん、南蛮《なんばん》やら唐やら、いろいろの鉄砲が集まってやす。師匠が、いくら金が掛かってもいい、とことんやってみろって言ってくれたんで、堺や近江国友《おうみくにとも》なんていう名の通ったのばっかりじゃなく、西国やら奥州やら、諸国から集めた銃を撃ったりばらしたり組み立てたり、ってことを、あれで二年もやりましたっけっか」

「そ、それでお前、火縄を使わず命中する銃を作り上げたのか」

門之助が思わず膝を乗り出した。

「そうそううまくはいきっこありやせん。でも、口火縄の代わりに煙管《きせる》みてえに筒に艾《もぐさ》を詰めたやつを片手で扱えるように工夫して、ばねで押し出した火薬に点火するってところまでは、簡単にいきやした」

なーるほど、と門之助が感嘆する。

「けど、一発撃っては銃を取り替えていたんじゃ、火縄と変わりやせん。火口《ほくち》を振り回さないでいいから怪我人が出ねえってだけで」

「そういえばそうだ」

門之助が一々に相槌を打つ。

「なんとか次々に弾を撃てねえかとそりゃもう工夫して、なんども爆発させて、てめえも小屋の羽目板も、焼け焦げだらけにして、一度なんか天井が吹っ飛びかけて、やっと三発まで弾を籠めても大丈夫ってところまでいったんで」

「そいつぁたいしたもんだ、榎並は大喜びしたんじゃねえか」

入り込んでしまった門之助が、ついくだけた町人言葉になる。

「それが……」

勘五郎が、また急に暗い顔になった。

「そのところで、あの屋敷に行くように言われたのですね」

花世がなぐさめるような口調で言うと、勘五郎はへい、と答えてまたうつむいた。

我に返った門之助が、

「そうすると、あの屋敷では火縄を使わない銃を作っていたのか」と訊いた。

勘五郎は、うんにゃ、と首を横に振った。

「屋敷に入るなり、えらそうな侍が、この仕事を見事やり遂げたら、今度はお前が公儀御用鉄砲職だって、言いやした。公儀御用は榎並だ、その師匠が行けといったから来たのに、そんなことをのっけから言われると、あっしみてえなひねくれもんは、どうにも気が乗らなくなっちまう。で、とりあえず、いままでのような火縄の鉄砲で、力の出るやつに取り組んでいたんでやす」

だが口が利けなくなってからは、材料や道具の細かな注文を出すことができず、まるで仕事ができなくなった。いままで来ていた男たちが、見よう見まねでなにかやっているのを、毎日ぼんやり見て過ごした。

「あっしが屋敷へ来てから、長いこと経つっていうのに、だいたいが石町からも鉄砲町からも、文《ふみ》一つ来ねえ。このごろじゃ注文書きを出しても、材料が届かねえようになった。陽も射さねえところに閉じ込められて、仕事もできず、日がな一日座ってるのは、体《てい》のいい伝馬町じゃねえか。生きているってもんじゃねえ」

そこでまた、勘五郎の言葉が途切れた。

伝馬町は、大牢のある場所のことだ。さもあろうと、二人は傷《いた》ましげに勘五郎を見守った。

「ぼっと座ってるだけで、なんにもすることがない。自然あそこへ行ってからのことが思い返されて」

うむ、と門之助がうながすように相槌を入れる。

「それで、この屋敷はどう考えてもまともじゃねえと思うようになったんで」

門之助の表情が変わった。

「まともじゃないっていうと……」

「あっしは、もしかすると、とんでもねえことの片棒担がされているんじゃねえか。それには、ひょっとすると師匠が……」

勘五郎は、あとの言葉を飲み込んだ。

「だがあっしは、師匠のおかげで榎並の勘五郎のなんのって言われて、お大名から名指しでご注文いだけるまでになったんだ。なにがあろうと、師匠にだけは背《そむ》けねえ」

ううむ、と門之助が唸《うな》った。

「そんなら……」

勘五郎は、一呼吸して、

「師匠にもらった腕がなくなりゃいいだろうと……」

聞いていた二人は、言葉を失った。

しばらくして、花世が、

「辛いことを思い出させて、申しわけなく思います」

低い声で言った。

「けっして短気は起こさないと約束して下さい。いいですね」

すべて話して落ち着いたか、へい、けっして、と勘五郎はしっかり答えた。

「お前が師匠には背けないと思っているように、われら武士にとって、主命はおのが命より重い」

門之助が言った。

「だがわたしは、身に代えてお前を守る。安心して柳庵さまのお世話になり、傷の養生に努めるがいい」

勘五郎は、ただ深く、頭を下げた。

四十四

病間を出ると、廊下の端に座っていた助蔵が、

「お梅は子守が上手です、かんたのやつは、大の字になって、おかよの布団で寝てい

ます」と小声で言う。

話はすんだから、今夜はここで勘五郎とやすんでおくれ、それから吉蔵とお時にくるようにと、と言って客間に戻る。

座についても、しばらくはふたりとも言葉が出なかった。

「いまの勘五郎の話は、お奉行所では、みなわかっておいでのことだったのでしょうか」

やっと花世が言う。

「……いえ」

門之助は、深い息をしてから、答えた。

「わたくしは、聞いておりません」

「狭い市中《まちなか》の屋敷内などで、どうして鉄砲のような危険なものを作ろうとするのか、わからなかったのですが、いままでになかった強力な鉄砲の製法を、勘五郎から写し取ろうとしていたのですね」

「……そのように、思われます」

「柳庵に忍び入ったのは、秘密を守るため勘五郎の命を奪おうとしたのではなく、腕は使えなくともその場にいて、指図を与えるだけで強力な鉄砲を作れるところまで、いっていたということになりましょうか」

門之助の顔が、次第にこわ張ってきた。

「次には、どのような脅しをかけても、火縄を使わぬ銃を勘五郎に作らせるつもりだったのでは……」

「首尾よくいった暁には、今度こそ勘五郎の命を奪う――」

「そのような……非道を――」

二人の会話が、途切れがちになった。

「――もしも」

門之助の声が上ずった。

「いずれかの領国で、それほどに精度の高い、威力ある鉄砲の量産が可能になれば、幕府は転覆の危機に直面することになりかねない」

「しかも、その鉄砲を編み出した職人の命がすでに失われているとなると……」

新しい鉄砲の威力に対抗する銃を作れる職人は、日本中に一人もいないことになる。

諸国での鉄砲の製造は、表向き認められていない。鉄砲改めも再々行われている。だが、猟師にとっては、鉄砲は活計《たつき》の具なのだ。だから、猪や熊を獲るための性能の低い鉄砲を農民が所持するのは、諸国の領主それぞれの判断で黙認されている。その程度の鉄砲なら、鋤鍬《すきくわ》を鋳《い》る百姓鍛冶にも作れる。

近年、ことに関東で、鉄砲所持にさらに厳密な規制が加えられた。いうまでもなく、江戸への持ち込みは厳重にとどめられ、大坂城代や長崎奉行など、任期中に江戸勤務が定められている幕府の高官でも、道中警護の鉄砲の数は入府にあたって手形に残し、出府の際に厳密に照合される。

だがもし、遠い距離からでも命中する確率が高く、その上一挺で続けて何発も撃てる銃があれば、事を起こすに何百挺という数は必要ではない。領国でひそかに製作した銃を、従来の銃に代えて参勤交代の際に御府内に持ち込み、江戸屋敷内に匿《かく》すことも、それほどむずかしくはないだろう。

禍々《まがまが》しい譬《たと》えながら、仮に上様増上寺に御先祖御墓参の折、お行列のはるか遠くから狙い撃ちして、初弾が急所をはずれても、次の瞬間にお命を失い奉ることは必定である。

当上《とう》様は、わずか十一歳で将軍の座におつきになった上に、生来ご病弱だった。しかし将軍補佐の保科正之《ほしなまさゆき》や大老酒井忠勝などの幕閣によって、御政道は保たれ、徳川の御代《みよ》は安定している。だが、最高位に在る御方の御力が弱いときには、どのような事態も起こりうることを歴史が語っている。

あまりのことの重大さに、二人はまた言葉を失った。

かなり経って、

「あの屋敷のことを、奉行所はいつごろ知ったのでしょうか」

やっと花世が尋ねた。

「わたくしは、筆頭与力の神崎さまに、火傷《やけど》した男を柳庵でしばらくお預かりいただくよう花世さまにお願い申せと言われたのがはじめてで……。それも、詳しいわけはなにも聞かされませんでした」

「――吉蔵は、客人は囮《おとり》だと言っておりました。天下のご政道を守るためには人質だろうと囮だろうと、なんでもするのが奉行所の勤めだと……」

「神崎さまも上席の与力も、口に出しては申しませんが、わたくしもそのような感は受けておりました」

門之助が言って、またしばらく二人は沈黙した。

吉蔵とともにお時が盆を持ってやってきた。

「勘五郎さんがよく話してくれたようで、ほっといたしました。ですから、梅茶をお持ちいたしました」

梅干を茶碗に入れ、濃いめに出した煎茶をそそぎ、取り出した梅干を好みで白砂糖をふりかけて、茶菓子の代りに味わうのだ。

「勘五郎さんのおしゃべりを聞いていたら、すっかり口が乾いてしまったよ」

強いて気を軽く、花世が言う。

そうではないかと思いましたので、とお時が笑った。

二人が茶をゆっくり味わい終えるのを待って、お時が、

「勘五郎さんは、あの術師のことをなんと言っておりました」と尋ねた。

「とてもつらそうな顔になったので、聞かないことにした」

そうでございましょうねえ、とお時が傷ましそうに眉をひそめる。

「それに、無理に話させてまた口が利けなくなるといけないと思ったからね」

そういうことも、あるでしょうね、とお時がこくこくと首を動かす。花世が、

「奉行所は、あの屋敷で不穏なことが行われていると気づきながら、どうして大目付にお訴えにならなかったのでしょう」

門之助に尋ねた。

町奉行は、大名旗本に干渉はできない。大名の監査査察は大目付、旗本は目付がその任にあたる。旗本である大目付には、大名から選任される幕閣最高の地位の老中をも、監督する権限がある。

「わたくしは、この件に関わりを持たない立場におかれておりましたゆえ、さだかにはわかりかねますが……」

門之助は、少し口ごもったが、

「大目付は、町方で万事取りしきるようにとのご意向だったように洩《も》れ聞いております」と答えた。

「それはまた……」

武家方にどんな不都合があっても、いっさい手が出せない町奉行所にとって、大名屋敷内での不法な火器の製作を事前に取り押さえるなど、ほとんど不可能に思える。

「大目付が、表向きに査問できない事情があるということでしょうか」

そのように推察されます、と門之助が控えめに答えた。

花世は、ふと勘五郎に親切にした武士がいたということを思い出した。

「奉行所は、あの屋敷に手先を入り込ませていたのでしょうか」

「なかったと思います。これほどのことをたくんでいる屋敷が、新しく渡り者を雇うような不用心はしないでしょうから」

町奉行所でも、探索のため武家方に手先を潜入させることは、間々あるという。だが、かりにも大名家であるからには、江戸屋敷が不用意に口入れ屋から渡りの中間《ちゅうげん》を雇うようなことは、通常でもなかなかしないはずだ。奥向きの女ならば、行儀見習いとして町方の娘が奉公することもあるだろうが、このたびの話は奥向きとは一切かかわりない。

地下蔵に手を入れ、鍛冶の道具を運び込むなどすべてを、譜代の家臣のみでひそかに行ったたにちがいない。

門之助が、おかげをもちまして、さまざま、蒙《もう》を啓《ひら》かせていただきました、本日はこれにてご無礼仕ります、と一礼して立ち上がった。

吉蔵が送って出る。

襖《ふすま》際で手をつかえて門之助を送っていたお時が顔を上げ、

「門之助さまは、お出でになったときとは、また違った、きびしいお顔つきになられて……」と言う。

「勘五郎の話を聞き終えたとき、主命は己《おの》が命より重い、だが、身に代えてお前を守る、と言われた」

それは、まあ……と、お時が息を引いた。

奥に戻ってもう少し考えよう、吉蔵といっしょにきておくれ、と花世が立ち上がった。

四十五

灯りを落とした花世の居間で、また三人は向き合った。

お時が、かんたはおかよのとなりでぐっすり寝ています、勘五郎さんといっしょに、玉子のふわふわを小鉢いっぱい食べて、二人とも大満足だったようで、と笑う。

「勘五郎は、父親を早く失ったから、奉公に出るまでは小さい弟を寝かしつけてやっていたのだろうね、それでかんたを泊めたくなったのだろうよ」と花世がほほえんだ。

まだ若いのに、腕がいいばっかりに、たいへんな目に遭って……とお時が声を湿らせる。

「けれどあれほど気性がしっかりしていなかったら、途中で逃げ出そうとしてかえって捕まって、殺されていたかも知れない」

お時は身ぶるいしたが、

「それでも、術師が捕まり、勘五郎さんも口が利けるようになって、一安心でございますねえ」と言う。

「勘五郎の話だと、あの術師は、半年ばかり前から、榎並で折々見かけるようになったようだ。なんで勘左衛門が、ご禁制の術師などを出入りさせていたのかわからなかったが、勘左衛門は昨秋、すぐ近くの日本橋南町に外科の名医関本伯典法眼《ほうげん》さまがおいでになるのに、火傷の手当に柳庵まできている。その時も長崎には玉子素麺《そうめん》という菓子があるという話をしていた。もしかすると蘭方《らんぽう》外科の女医者がめずらしいから来てみたのかもしれない。ひょっとして勘左衛門は、新し物好きの男なのではないだろうか」

吉蔵が、そういえばと膝を打った。

「榎並には、公儀御用として毎年決まった数の鉄砲を独占的に納めるだけで莫大な御下賜金《かし》が入るので、勘左衛門は家職を弟子職人にまかせっ放しでまるで仕事はせずに、御病弱の上様をお慰めするといってはお手の物の火薬で新工夫の花火を屋形船で打ち上げたり、派手な南蛮仕立ての袖無し羽織を着て狩りに出たり、金にあかせた新奇な遊びを思いついて人を驚かせている男だという話で」

それでしたら、公儀御用の身分だからと、御法度《ごはっと》もかまわず幻術を見せて人を驚かせようと思っていたのかもしれませんねえ、とお時が言う。

「そういう気性なら、費用《いりめ》かまわず新しい鉄砲を作ってみろと勘五郎に命じるだろうね。だが榎並の仕事場で工夫している分には公儀おん為《ため》ということにもなろうが、なかかわらず、大店《おおだな》の主で世事に疎《うと》いからといっても、ぜ他所《よそ》で鉄砲作りをさせ、またその上に御法度の幻術師を人目につくようなかかわらせかたをしてお奉行所に目を付けられたのか、大店の主で世事に疎いからといっても、あまりに大雑把《おおざっぱ》なやり方だ」

門之助さまは、なにかおっしゃっておいででではありませんでしたか、と吉蔵が尋ねた。

なにもおっしゃらなかった、今度の一件については、本当にあまりご存じではないのだと思うよ、と花世は言って、

「奉行所の目論見通《もくろみ》り、術師は捕えることができた。しかも、わたしの眼前で放火し、奉行所役人もそれを見たからには、お白州《しらす》で申し開きはできない。火付けは死罪、それも火焙《ひあぶ》りということは、子どもでもわきまえている。重大な法度を犯している連中に組しているのに、その上に意味のない火付けするなど、あまりにも愚かではないか」

聞いている二人も、答えられない。

「あの晩、男がなぜ火矢の術を選んでわたしに見せたのか、大波が押し寄せるとか、獅子虎の猛獣を襲いかからせるなど、脅しの方法はいろいろあるだろうにと考えていたが、勘五郎の話を聞いていて、気づいた」

「どういうわけでございます」

「鉄砲のことを、火矢というではないか」

吉蔵が、なあるほど、と腕を込まぬいた。

「その上、大砲の音も聞かせ、煙硝《えんしょう》の臭いを漂わせている」

「あの屋敷で鉄砲を作っているといわんばかりですな」

吉蔵が言った。

「ま、まさかそんなことを……」

お時の顔が青ざめた。

花世がしばらく考えて、

「あの男は、おまえたちにもわたしにも、危害を加えそうにしながら、結句、ことなく終えている」

「で、では、あの術師は、榎並に雇われていたのではなかったので……」

「いや、術師が榎並に雇われていたことはまちがいないよ。屋敷に出入りしていたこともたしかだ。勘五郎が術にかかっているからね」

吉蔵が、わっしもそう思いやす、と言う。

「門之助どのが……」

花世が、めずらしく言いさした。

「――門之助どのは、父上黒川与兵衛《くろかわよへえ》を、まことにご立派なお奉行でいらっしゃいました、と言われ、涙をお見せになった」

黒川与兵衛の名が出たので、吉蔵は腕組をといて居住まいを正した。お時も息を詰めて頭を低くする。

花世も、それきりしばらく言葉を継がないでいたが、

「おそらく門之助どのは、父上のもとにおいでのころといまのお勤めを引き比べて、涙をこらえられなくなられたのだと思う」

突然、お時が泣き伏した。

「どんなにか……おつらかったでしょうに……わたくしは、ひいさまが、ご覚悟の上でおでかけになったと……言わずもがなのことを……」

涙の間から、途切れ途切れに言う。

「いいのだよ、お時。門之助どのもわたくしも、お父上が身をもってお教え下さった生き方を通そうとしたのだから」

「ひいさまは、この度のことを仕切った奉行所の上役は、味方をも信用せずに、手段を選ばず事を運ぶとおっしゃいましたが……」

花世はうなずいた。

「春に、お師匠さまのご配慮で、神逢太刀《かまいたち》の正体を明らかにするため、わたしが四谷御門脇の成瀬隼人正《はやとのしよう》さまのお屋敷あたりに出たとき、奉行所のお役人が小者をお貸し下さった。たいそう腕のある小者だったが、戻りに柳庵までついてきて、成瀬さまお屋敷の木立ちから投げ落とされたという金の棒を渡してくれた」

そこで花世は、吉蔵を見返り、

「おまえ、玄関先でその小者の姿を見ているね」

吉蔵がうなずく。

「この中《じゆう》柳庵のまわりを見張っていて、榎並の店の前で飛脚を制止し、旗本屋敷の火付けに馬で駆けつけた与力は、もしやあのときの小者に似てはいなかったか」

似ていやした、と吉蔵が即座に答えた。

あのときの見廻りのお役人が——と、お時が目を見張った。

「明日《あした》早朝、奉行所の近くで、あの与力の出仕を待っていておくれでないか」

「承知いたしやした」

吉蔵が応じる。

「おそらく、あちらからおまえを認めるだろう。声をおかけになるかどうかわからないが、おまえはなにも言わず辞儀だけして、そのお方が奉行所門内に入られてから、取次の衆にお名を伺って戻ってきておくれ」

かしこまりました、と吉蔵が頭を下げた。

「もしかしますと――」

お時が首をかしげた。

「勘五郎さんが担ぎ込まれる前、ひいさまが柳庵の門前で、後ろ姿を見返っておいでだったお武家さまは……」

お時の目はごまかしは見通すと言われたね、と花世が笑った。

第九章　信念の対決

四十六

夜中に蒸してきたと思ったら、朝からぎらぎら照りつけてきた。

朝粥《あさがゆ》の給仕をしながら、お時が、

「まだ雷さまも鳴りませんのにこの暑さとは、ほんとうに世の中おかしくなってまいりました」と言う。

そういえば梅雨《つゆ》は雷が鳴って明けるというのに、まだごろりとも聞いていない。

お江戸も、蒸し暑い夏と冬場の空っ風がなければ、けっこうなのでございますがねえ、とお時が、実を落とした梅の木越しに入ってくる陽光をまぶしそうに見る。

かんたはどうしているえ、と花世《はなよ》が訊《き》くと、朝早くにおっかさんが迎えに来ましたが、勘五郎さんが放したがらず、今日一日遊んでいけというので、申しわけなさそうに帰っていきましたとうれしそうに笑う。

「おかよもいい相手ができたから、幸兵衛長屋に遊びに行きたがらないだろう。お兼もお梅も手が空いて台所は助かるのではないか」

花世もほほえんだ。

吉蔵が、行って参りやした、あらかたわかりましたと言って入ってきた。

「あらかたと言うと、なにか入り分けがあるのかえ」

「まあ、そんなようなもので」

吉蔵は、なぜかちょっと眉をしかめ、

「あのお方は浜口源二郎さまという内与力《ないよりき》で、知謀武術ともにすぐれ、捕り方に回ればたいそうな腕をお見せになるというので、筆頭与力の神崎さまも一目も二目もおかれておいでだということです」

与力はそもそもが一代職だが、奉行付の内与力は奉行譜代の家臣から出すのが慣習だから、本来は陪臣《またもの》でも奉行直属ということで役所でも大きな顔をしていて、古くから勤めている直参《じきさん》の与力との間が、かならずしもしっくりいかないことが多いと聞いている。

「おまえのことを見覚えていたかえ」

「わっしに目を留めてちょっと笑みを浮かべ、そのまま奉行所の門に入りました。小者二人が従っているだけで、挟《はさ》み箱持もついていません」

与力の出仕には、通常小者三人と諸道具を入れた挟み箱をかついだ中間《ちゅうげん》がつき従っているものだ。

型破りのお方なのだろうよ、それで、と花世が先をうながす。

「顔を知られているわっしにはちょっとむずかしそうに思えたんで、ちょいと手を廻しましたところ、浜口さまはじつは、現在のお奉行のご実子だってことで」

さすがに花世も驚いた。

お時が、まあ、さよでしたか、道理でご容子《ようす》のいい、お取りさばきのご立派なお役人と思っていました、と言う。

現奉行は島田出雲守忠政《いずものかみただまさ》、前職は父黒川与兵衛《くろかわよへえ》致仕《ちし》のあとを承けた長崎奉行だったが、わずか二年足らずで帰府し、すぐに江戸町奉行に任じられている。

源二郎は、その出雲守の外腹《そとばら》の次男で、部屋住みながら文武両道にすぐれ、父親が町奉行に任じられると、自ら望んで陪臣の家に養子に入り、出自を隠して内与力として勤めているのだという。

「隠してといっても、おおかたの与力同心は薄々知っているんで、たいそうやりにくいそうで」

そんなことでは、奉行所全体の勤めぶりが鈍るのではないか。

「内与力なら、奉行所の長屋にお住まいなのだろうか」

「それが、本所組屋敷にお一人でお住まいだそうで」

「それはあいにくなことで」

お時が割って入った。

「なにがあいにくなのだえ」

「ひいさま、今度はなにをお企《たくら》みです」

企みなんて、人聞きが悪いよ、と花世が言ったが、お時は、

「またお忘れですか、お時はひいさまお六つの……」

わかったよ、そのころからおまえには一度だって勝ったことがない、と花世が嘆く。

「お奉行所のお長屋でしたら、いかにひいさまでもそう簡単にはお出向きになれませんが、本所のお役宅ならいつでもお出かけになれます。本日お出向きですか、お供いたします」

花世は、またもため息をついてから、

「いずれおまえと吉蔵に供してもらうつもりだったからね」と言って、

「勘五郎はかんたのお守《も》りでおとなしくしているだろうし、手当はもう膏薬《こうやく》を塗り替えればいいだけだから、五郎三郎《ごろさぶろう》ですむ。水だらけのかんたを抱いてしまったので心配だったが、いい塩梅《あんばい》にさわりがないようだ。白銀《しろがね》細工師の村松さまも、五郎三郎に様子を見にやればいいだろう」

よいお日和《ひより》になってなによりでございます、ではそのように、とお時が上機嫌で下がっていく。吉蔵も、苦笑いして続いて立った。

日差しはきついが天気がいいので、雨の間中足腰が痛んで困っていた年寄りや、我慢していて怪我や腫《は》れ物が膿《う》んでしまったという客が多くきて、八つ少し前にやっと奥に戻った。

小昼《こびる》の膳を片付けると、お持ちいたしましたという声がして、お菊がお兼に手伝わせて葛籠《つづら》を運び込んできた。

なにを出すのだえと訊く。

「わたくしにお供を仰せつかりましたからには、よもやお袴《はかま》でお出かけとはおっしゃいませんでしょう。お暑くなりましたのでもう薄物でようございましょう」と言いながら、お時が葛籠を開ける。

おまえにはかなわないよ、と花世があきらめ顔になった。

お時は、柳色の地に黄蘗《きはだ》色と薄鼠《うすねず》で撫子《なでしこ》の花だけを大きく飛ばして染めた一枚と、花菱《はなびし》つなぎを横段に白く抜いた、いかにもさわやかな水色の絹帷子《きぬかたびら》をえらび出した。

そんな晴れがましいものを、と花世が眉を寄せる。

だがお時は、これは二枚とも、お屋敷にお入りになってからお仕立ていたしましたものゆえ、お地味でございますねと、さらに、練色《ねりいろ》地の絹ものに梔《くちなし》色と紅鬱《べにう》金《こん》で小葵《こあおい》を横縞に染めた一枚を取り出した。

これは長崎で仕立てたものではないか、と花世が呆れた。江戸に出て、五年になるのだ。

「蘭方《らんぽう》外科医としてお出ましになるのではございません」

ただいまの流行《はや》りには少々遅れているように思えますが、あまり時勢に合いすぎますのもいかがかと思いますゆえ、このくらいがようございましょう、とさっさと決める。

「さ、お着替えなさいまし、遠方でございます、一時《いっとき》はかかりましょう」

観念して言うままに着替えると、お時は花世の巻き上げていた髪を下げて梳《す》き直し、二ヵ所ばかりを幅広の元結《もっとい》で結んで、

「久しぶりのひいさまのお供でございます、わたくしもそれなりの身なりに替えさせ

ていただきます、わたくしはお江戸に参りましてから、両国橋を渡ったことがございませんので」とつじつまの合わぬことをしゃべり立てて下がっていった。

吉蔵がやってきて、花世の姿を見ると、びっくりしたようで、ちょっとひるんだが、

「浜口さまのお役宅は見届けさせてあります。いい塩梅に、すぐ近くに小さい寺があるよしです、そこでお待ちになれやしょう」と言う。

花世は、自棄《やけ》のように、まかせるよ、と言って座っている。

吉蔵は、頰を緩めて下がっていった。

四十七

綿帽子は暑苦しいと花世は顔を裹《つつ》まず、お時が日傘を差しかけ、中間のなりの吉蔵を後ろにしたがえて柳庵を出る。

本所二つ目の奉行所組屋敷まで行くには、浅草川を越えなければならない。黒川の屋敷は和泉殿橋の真向かいだから、まったく見当がつかないというわけでもないが、川向こうはまるで不案内である。ともかくもいつも通り日本橋に向かって歩き出す。

「長崎奉行を三、四年勤め、町奉行か勘定頭に出世するというのが、近ごろきまりの

ようになった。父上のように、十五年もお勤めになるお方など、お一人もないようだね」

「近ごろだけではございません、殿さまのように長崎に入れ込んでお働きになられたお奉行は、後先《あとさき》、まったくおいでになりません」

　吉蔵が言った。

「……父上は、情で世を渡られたのかねえ」

花世が笑いながら言うと、吉蔵が、

「門之助さまが、よくご存じです」と応じた。

お暑うございますね、と、数寄屋町あたりでお時が額を拭《ぬぐ》う。

こんなところで弱音を吐いていたら、とても本所まではもたないよ、戻るかえ、と花世が言う。

お時は、とんでもございません、ただ暑いと申しただけでございます、と急に歩みを早めた。

　やっとのことで、日本橋北詰にたどりつく。

　橋のたもとで客待ちしている六尺《ろくしゃく》に、見覚えがあった。

「あれは……」

お時も声をあげた。たしかに、榎並《えなみ》から上野まで連れて行かれたときの駕籠舁《かごかき》である。

吉蔵が、お戻りのこともあります、この暑さですから乗物の方がと、朝のうちに助蔵をやって待たせておきましたという。

花世は、暑さよりも派手な着物が気になってならない。道行く人が、立ちどまらんばかりに花世を見返って行くような気がするのだ。

ささ、お早くお召しになってくださいまし、とお時が勢い付く。

わたしは暑くもなんともないよ、おまえが乗ればいい、と花世が言ったが、なにをとんでもないことをおっしゃいます、乗物を前に道中《みちなか》で押し問答では、人立ちになります、と花世の手を取って駕籠に乗せた。

それからはお時も人が変わったようにせっせと歩いた。

両国広小路に入ると、川風が吹き寄せてくる。涼しいせいか、お時は右左を忙《せわ》しく見ながら、なんという人出《ひとで》でございましょうねえと、大声を上げてはしゃいでいる。

乗物は、ゆっくりと両国橋にかかった。

ひいさま、ごらんなさいまし、まあこの橋の長いこと、何間ありましょうか、とお時が騒ぎたてる。

静かにおし、恥ずかしいではないか、と駕籠から花世がたしなめるが、動じることではない。百二十間と聞いてやす、もうじきこのあたりでお大名の屋形船が出て、花火が見られやす、と先棒《さきぼう》が応じる。

百二十間――、とお時がまた大声をあげる。

三つ叉《また》の向こうに、大きな船が何艘も行き交いしているのが、日本橋あたりから見るのとまたちがって、眼前に迫ってくる。

お時が、あっ、とまた大声を上げた。

「ひいさま、唐船でございます」

さすがに花世も、垂れの覗《のぞ》き窓から江戸の浦の方を見た。

なるほど、明るい空の下を、龍の旗をなびかせて、唐船がゆっくりと湊《みなと》を出て行く。

「お江戸に参りまして、はじめて見ました」

お時が、しみじみ懐かしそうに言う。

日本橋を通るとき、異国の大船が往来する長崎出島の湊の幻を折々見たが、現実に唐船を目のあたりにすると、花世も、胸が迫る思いがする。

「長崎でお仕立てしたお召しが、呼んだのでございましょうかねえ」

お時が、とんちんかんなことを言ったが、花世も一瞬、屋敷に戻れば父与兵衛が待っているような気がしたのだ。

そうこういっているうちに、百二十間という橋を渡り切って、本所に入る。

お船蔵に、舳《へ》先《さき》から艫《とも》まで百五十尺といわれる公儀軍船安宅《あたけ》丸が停泊している。初めて見る巨大な船体に、花世も思わず声を上げた。お時のことを笑えない。

御船奉行向井将監《しょうげん》さまお屋敷の向こうに、回向《えこう》院《いん》の大屋根が見えてきた。

本所は、新たに土地を拝領した旗本が、町人に貸したりしているとか、まだ空地も多い。長屋や小商いの町屋《まちや》、旗本の譜代の家臣の組屋敷などが入り交じっている。奉行所役人の組屋敷も、一ヵ所でなくあちこちに分かれていて、ただ二つ目とだけで目当ての屋敷を探しあてるなど、このあたりの地理によほど明るくなければとうていできそうにない。

二つ目橋を入ったところに、小さい寺があった。こちらでお待ちください、と吉蔵が言う。門前で乗物を降り、そのまま駕籠はそこに待たせて、庭に入る。

町人の子が、棒を振り上げて切合いして遊んでいる。いかにも町屋と武家屋敷の入り交じった土地柄らしい。

庫裏《くり》から僧が出てきて、こちらへといざなう。風の通る本堂の縁に座して、茶を振る舞われ、一息つく。さすがここまでくると海風がさわやかで、お時が、お堀際とはまたすっかり違って、さすがお江戸は広うございますねえ、と長閑《のどか》なことを言っている。

吉蔵が、三つ目橋のほうを指さし、門之助さまのお屋敷はあちらですが、本日お訪ねになる先は、島田出雲守さまの組屋敷だそうで、と言う。

内与力であるからには、出雲守が町奉行に任じられ、新たに本所に拝領した組屋敷に住んでいるのだろう。

お役所から戻られたら、だれかが知らせにくる手はずになっておりやす、ゆっくりおやすみください、と庭先にかがんだ吉蔵が言う。

今朝思いついたというのに、例の通り、先へ先へとそつなく手が打ってあるようだ。

「えらそうなことばかり言っているが、わたしはおまえたちがいなければ、なにもできないのだねえ」

つい、いつもの感慨を口にするとお時が笑って、それが主従というものでございますよ、ついこの間、申し上げたではございませんか、と言う。

なにごともなければ、奉行所のお勤めは七つまでだから、遠いといっても男の脚、六つ前には組屋敷に戻るだろう。

しかし、昼間の長い時分である、暮れ六つの鐘がなかなか鳴らない。

「そうはいっても、途中でどこかにお立ち寄りになることもあるのではないでしょうかねえ」

お時は、だんだん気がかりになってきたようだ。

「なに、そん時は、だれがが走ってくるから、またお出直しになればいいさ」

吉蔵が言ったところに、職人ふうの男が山門に入ってきた。

ちらりと縁を見上げ、そのまま裏に向かった。

「どうやらお戻りのようで」

吉蔵が立ち上がった。

四十八

お時が、立ち上がろうとした花世を制して髪にざっと櫛を入れ、襟元を直す。庫裏にあいさつして、門前の駕籠に乗る。

島田出雲守の組屋敷は、寺から歩いてもなにほどもないところだった。二、三百石の、ごく普通の構えの武家屋敷が立ち並んでいる。ただ、陪臣の住まいだからか門番小屋はなく、潜り門がついていた。

角から三つ目のお屋敷で、と吉蔵が言う。

「お時、おまえ案内を乞うておくれ」

かしこまりました、とお時が臆せず潜りに近づいていった。そっと押すと、すぐに開いた。お時はさっさと門内に入っていく。

お頼み申します、と呼ばわる声が聞こえる。

どうれ、としわがれた声がした。老齢の小者が出てきたようだ。

「前《さきの》長崎奉行黒川与兵衛さまご息女、花世さまが、殿さまにお目通りを得たいと、おはこびになられました。お取り次ぎを願い上げます」

たいそう見事に口上を述べている。

少々お待ちを、と言ったようで、しばらくあってまたしわがれ声がなにか言っている。

承りましたとお時の声がして、潜りから姿を現した。

駕籠脇に寄って、お入りくださいませとのことでございます、と腰を折る。

その間に門が開かれた。

お時が先導する形で門に入る。内側で待ち受けていた年寄りが深く腰を折って、玄関を示す。敷き詰められた小砂利を踏んで式台に近づくと、若党が平伏していた。

案内されるままに中庭に面した座敷に入る。すぐさまさっきの老人が茶を運んできた。お供の衆は、奥台所にてお控え願っております、と断わる。

続きの間との境の襖《ふすま》が開いて、男が入ってきた。まぎれもなく、あの四谷御門の小者である。

花世は少し座を下がった。

「その節は、お助けをいただき、忝《かたじけの》うございました。御礼も申しあげず時を過ごしましたご無礼、お許しくださいますよう」

丁重に手をつかえた。

男は、着座すると膝に手をおき、

「無礼は当方です。奉行よりの命にて、せんかたなく身分を隠し、お供つかまつりました。が、この組屋敷へお越しになったからには、花世どのにはわたくしの身上《みじょう》をすでにご承知と思います。本日は、先度の火付けの件にて、わざわざ川を越してのご入来でしょうか」

慇懃《いんぎん》に問いかける。

「あなたさまが出雲守さまの内与力でいらっしゃることは、本日、奉公人から聞いてはじめて知りました。出雲守さまは、父与兵衛致仕ののちに長崎に赴任遊ばされましたが、もしやわが武芸の師、田能村《たのむら》城右衛門さまとご昵懇《じっこん》になさっておいででしたか」

男は頬を緩め、うなずいた。

「前奉行のご息女が、出島の阿蘭陀《おらんだ》商館医師に蘭方《らんぽう》を学ばれていることは、奉行から聞かされました。奉行は、田能村どのから伺ったようです」

「それであの節、あなたさまがわたくしの我がままをお助けくださったわけがわかりました。女医者風情《ふぜい》が四谷御門に出張《でば》るという異例の手だてをお許しいただきましたのは、田能村さまが出雲守さまに願い出られたのですね」

「そういうときは、内与力であるわたくしが働くことになっております」

また頬を緩めた。

花世は、あらためて御礼申し上げます、と頭を下げ、

「ところで、いまおっしゃった火付けの件でございます」

態度を改めた。

「なんにても」

男も笑みを消し、受けて立つ構えを見せる。

「咎人《とがにん》は、火刑になりましょうか」

花世は、直截《ちょくさい》に問いかけた。

男はすぐには答えず、両袖に手を差し入れて交叉し、ぐっと口を引き締めた。

「御裁断はお奉行さまがなさることでございましょうから、お答えをいただかなくともけっこうでございますが、ひょっと無実の者を処刑するようなことにでもなりましたら、出雲守さまのお瑕《きず》にもなりかねはせぬかと、余計なことを申しに川を越して参りました」

だが男は、答えずに目を閉じた。

花世は、臆せず言葉を続ける。

「火焙《ひあぶ》りは、引き回しの上処刑されると聞いております。万々が一にも、見物人の中から、無実という声が起こりでもすれば、江戸市中の騒動ともなりかねません」

「花世どのは、あの男が、無実だとお思いなのですか」

目を開け、男が問い返した。

「一介の町医者に、お上のお裁きの拠り処《どころ》がわかるはずがございません。ですから、ひょっと、と申しました」

男の答えを待たず、さらに花世が続けた。

「あなたさまは、あの夜、火をつけられた屋敷の前に馬を駆っておいでになり、火矢を持ち歩く不心得者の咎人は、すでに捕らえたとおっしゃいました。わたくしも奉公人も、降るような火矢の雨にさらされながら、ずっとあの道筋におりました。ですが、あの火矢は幻術でございます。幻術で火事は起こりません。いえ、起こったようにみえることがあっても、燃え広がることはございません。あなたさまは、あの男が本物の火のついた矢をあのお屋敷に放ったところを、ごらんになったのでしょうか」

「わたしは、見ていない」

男は、即答した。

「なれば、どなたがご覧になったのでしょう」

「手下《てか》の同心が、訴え申した」

男は、動じる様子も見せずに答えた。

「お白州《しらす》では、目にした同心がそのさまを述べますか」

「おそらく」

「わたくしは、江戸町奉行所のお裁きの座のきまりは少しも存じませんが、長崎にて、父黒川与兵衛の奉行出座の裁きを瞥見《べっけん》いたしたことがございます。このたびの一件の咎人は、法度の幻術を弄した芸人でございます、しかし火をつけられたのは旗本、お目付が裁きの座にお出になることもあろうかと思いますが、いかがでございましょう」

男は、はじめて一呼吸おいてから答えた。

「わたしは平《ひら》の内与力、そのあたりまではなんとも」

花世は、にっこりと笑った。

「あ、忘れておりました。そういえばあなたさまはあの夜、火をつけられたお屋敷のご用人ふうのお方に、失火の咎は問わぬとおっしゃっておいででした。それなのに、屋敷が火付けされたと訴え出るなどすれば、町人風に申せば、寝た子を起こすようなものでございますね」

男の端正な眉根に、一瞬縦筋が立った。

「花世どのは、火付けをしたのは、あの男ではないと思われるのか」

「はい」

花世はきっぱりと答えた。

「なにをもってそこまで言われる」

「わけは、すでに申しました」

「うむ」

男は顎《あご》を引いて、また目を閉じた。

四十九

花世は、目をつぶっている男に、ゆっくり語りかけた。

「このたびわたくしは、自らの思いのいたらなさから、奉公人の夫婦にたいそうつらい思いをさせました。さらに、父のもとにいた片岡門之助どのは、役儀と柳庵との板ばさみに、お役を辞する覚悟をなさっておいでだったように思います」

男は、まだ目を閉じている。

「術師の男は、わたくしにおびき出されたかたちで火矢の幻術を見せ、火付けの咎であなたさまに捕らえられました」

そこで花世は、言葉を切った。だが男は、まだ目を開けようとしない。

「あの男がなにをなそうとしていたのか、いかに考えてもわかりませんでした。折々は、わたくしを含め世の人々が想像する悪事とは逆のことが、あの男の役割であったからではないかとも疑いました」

男は、ようやくに目を開けた。

「役割と言われるのは」

「常ならば、かように思いましょう」

花世は、いったん言葉を切った。

「公儀御用鉄砲職榎並勘左衛門の悪事に加担し、それに気づいた榎並の職人勘五郎を柳庵の手から奪い返して、ことを秘密裡に葬ろうと、身に付けた南蛮《なんばん》術を用いて……」

男は右の掌《てのひら》を、花世の側に向けた。

「わかり申した。そのあたりにてお止めなされ」

「門之助どのは、目付宛てに上申書をしたためておいでと思います」

「一与力の片岡が、たとえ奉行になにを上申しようと、そのような話は一笑に付されるだけのこと、妄想というべきではないか」

「わたくしはお奉行さまに、とは申しておりません。お目付に、と申しました」

男は、はじめてそこで、身じろぎした。

旗本の監査は、目付の仕事である。だが奉行所役人が奉行を飛び越して目付に訴えれば、謀叛《むほん》の罪に問われかねない。罷免闕所《ひめんけっしょ》は当然のこと、死を決しての行為ともなろう。

「長崎は、ご存じのように、父与兵衛在職中放火による大火に遭い、壊滅寸前となりました。そのためわたくしも、火付けの罪には、人にそそのかされて火を放った罪と、人に放火をそそのかした罪があると承知しております。どちらも死罪ながら、前者は斬首、後者は火刑と記憶しております」

　男は、答えない。

　花世も、それきりで沈黙した。

　海からの夕風が、開け放したままの障子《しょうじ》を座敷まで通り抜ける。

　ようやく陽《ひ》が落ちて、暮れ六つの鐘が鳴り始めた。

　男が、口を開いた。

「で、花世どのは、なにをお望みか」

「わたくしは、外科医でございます。縁あってわたくしのもとにおいでになった方々のお命を救うのが、仕事でございます」

　しばらく間があった。

「……しかし、すべての人の命を救うことはできない」

　男は、意外にも低く沈んだ声で言った。

「おっしゃる通りでございます。医師の力には限りがございます」

「それを言われるなら、奉行所役人の力は、ひとりの蘭方外科医の叡知と胆力に、はるかに劣る」

　吐息とともに、男が言った。

「なにを仰せになります。ご政道を守る先陣をお勤めなのが、奉行所ではございませんか」

　男は、また黙した。

　花世も、黙っている。

　座敷に風が流れて汐の匂いがさし、床の軸がかすかにゆらいだ。

「火傷《やけど》を負った男は、恢復《かいふく》しておりましょうか」

　男が、問いかけた。和らいだ口調に戻っていた。

「体質がよかったか、いまはなんの心配も要《い》りません。ただ、右手の指は、どうなりますすか」

　男は、深く顎を引いた。それから、

「先夜の幸町の小火は、幻術であったのを、奉行所一統が見たがえたようです。同心どもは軽輩ゆえ、暗示にかかりやすい。だがいまごろはもう、忘れておりましょう」

　穏やかに言い終えると、男は落ちかかる夕闇に仄《ほの》かに浮かぶ花世の顔を見た。

　花世は、静かに男を見返した。

男は、膝においた手を下ろした。

「花世どのには、遠方をわざわざのご足労、忝く存じます」

花世は手をつかえ、深く頭を下げた。

男が手を打つ。

先刻の若党が、襖外に控えた。

「お帰りになる。ご案内を」

玄関式台に出ると、あとから立ってきた男が、花世の背中に呼びかけた。

「花世どの」

振り返ると、

「今宵は、片岡と語り合い、飲み明かすつもりでおります」と言った。

「榎並職人勘五郎は、傷が癒えるまで柳庵方にて養生いたさせます」

花世は一礼して、屋敷の門を出た。

駕籠脇に、お時と吉蔵が立っている。

暮れ落ちました、と吉蔵が言う。

「急がないでいいよ、戻りが遅いとやかましい人が、いっしょなのだからね」

「さようでございますねえ、宵の明星も出ております、久しぶりに和泉殿橋を渡り、お屋敷の前を通らせていただいて、柳庵にもどることにいたしましょうか」

まだ藍色の薄く残る空を見上げて、お時が言った。

五十

遅い夜食を済ませると、いつものように五郎三郎が茶碗と帳面を持ってきた。

「村松のご隠居さまはたいそう機嫌よく、お時さんのご注文のお品が調ったので、と言っておいででした」と言う。

たいへんでございます、すっかりと忘れておりました、とお時が言う。

「堺町に行くときの用意かえ」

笑いながら花世が言う。

「さようでございます。浜松屋が調えたお召しは、お地味すぎると奉公人どもが揃って申しますので、いましばらくそちらさまにてお預かり下さいましと、お預けして参りましたが、お髪《ぐし》飾りはこちらから言い出しましたことでございますからねえ……」

お時がめずらしく思案投げ首といった体《てい》になる。五郎三郎が、

「お時さん、大丈夫ですよ、貧乏外科医の柳庵にも、花世さまのお髪飾りくらいでし

たら、蓄えはあります」と言う。

お時が、まあそうかえ、そんなら明日《あした》さっそくに、と勢い付く。

「それにしても、本日のお召しは、たいそうよくお似合いでした。往来の人がみんな見返って、うっとりと見ておりました。途中から駕籠をお召しになってしまったのが、残念でございましたよ」とのんきなことを言う。

「あの内与力のお方も、よほどにひいさまに心を奪われなさいましたようで、いつまでもお駕籠を見送っておいででした」

馬鹿なことをお言いでない、たいそうむずかしい話合いだった、と花世が言う。

わかっておりますよ、とお時が言う。

「ですが、わたくしがお見立ていたしました華やかなお召しで、ようございました」

花世は、うなずいた。お時の考えているところとは少し違っているだろうが、その通りだと思ったのだ。

若衆姿であれば、もっと容赦なく切り込んでしまって、決裂しただろう。反対に、客の家を訪れるときのような地味な町人姿だったら、相手の威に押されて、半分も言いたいことが言えなかったかもしれない。

「女というのは、身なりで気持ちまで違ってしまうのかねえ」

お時は、得たりと相好を崩した。

「ですから申し上げております。折々はお気に入った小袖をお召しになって、お出ましをなさらなければ、町の人々の心はわかりません」

あすもまた、といまにも葛籠を開けそうである。

吉蔵が入ってきた。さっそくにお時が、

「今日のひいさまのお召しは、けっこうだったろう、吉蔵どん」

吉蔵は、後ろ首に手をやって、

「お召物のことは、わっしらはとんと不調法だが、まったくにひいさまは、はねっかえりのじゃじゃ馬でいらっしゃる」

「なんだえ吉蔵どん、いくらなんでも言葉が過ぎるよ」

お時が色をなす。

「吉蔵が言ったのではないよ、お師匠さまがおっしゃったのだ」と花世がとりなした。

あ、そういえば、とお時も思い出したようである。春の一件のとき、花世が一人飲み込みで勝手に動くといって、師の田能村城右衛門にきつく叱られたことがあったのだ。

「だが、今日ばっかりは参りやした」

「おまえ、わたしたちの話を聞いていたのかえ」

花世が、さして驚いた風もなく尋ねる。

「吉蔵どん、とんでもないことを。いったいどこにいて……」

お時が、膝を乗り出した。

「どこってまあ、野暮な話は抜きだ」

吉蔵が苦笑すると、花世が、

「女と二人きりで向き合うのだから、座敷の障子は開け放してあった。聞こうと思えば、吉蔵でなくともどこからでも聞ける」と言う。

「とにかくこれでひいさまは、とりあえず三人の命をお助けなすったのだ、田能村さまがおいでても、今日のじゃじゃ馬ぶりはお見逃しなさるだろうよ」

「とりあえず三人というと――」

お時が指を折った。

「勘五郎さん、門之助さま、それから……」

そこで止まる。

「火焙りになるはずの、男だ」

吉蔵が言った。

「あ、あの、幻術師……」

ど、どうしてまた――、とお時が目を剝《む》く。

「なに、付け火と見えたが幻術だったんだから、火焙りにはならねえ。せいぜいご禁制の幻術を使って、そこいらの者をたぶらかした咎だ」

それなら死罪にはならないだろう。先例もあるまいから、吟味方与力の裁量で、遠島か、軽ければ所払いですむかもしれない。

「まあ、そうでございましたか、ようございましたねえ、あの幻術師は、そう悪い男には見えませんでした」

お時が胸をなでおろす。

「第一、ひいさまのお心のご負担がなくなります」

「だがあのお方は、すべての人の命を救うことはできない、とおっしゃった……」

花世は、声を落とした。

「そうでした、鉄砲を作らせた屋敷は……」

「お大名の処罰は、町方の仕事ではない。浜口さまの言われる通りだ。なにもかもというわけにはいかない」

吉蔵が、女たちの感傷を断ち切るように言う。

「門之助どのが、大目付さまはこの件は町奉行方にまかせるとのご意向だったようだと言われた。となれば、町方が手をつけられるところは、みな落着したということになる」

花世も、あきらめたように言う。

さようでございますか、とお時が半分合点しかねるようながら、

「なににしても、今夜から柳庵も、みな安心してやすめます」と言ってから「忘れておりました、かんたは、今夜も柳庵泊まりでございますよ」とうれしそうに言う。

「人なつっこい子ですので、おかよも一日中《いちんち》一緒に遊んでいて、例のこんへいとの箱を見せて、こっそり分けてやっておりましたそうで。夕方またおっかさんが迎えにきましたが、帰らないといって駄々をこねるので、散々詫びて、おいて帰ったそうです」

「子どものことだから、しばらくしたら飽きるだろうが、それまでは好きにさせてやるといいよ、柳庵は、事件に巻き込まれるたびに、子どもが来てくれてにぎやかになっていいねえ」

花世も、ひさしぶりに屈託《くつたく》のない笑顔を見せた。

第十章　永訣、そして明日へ

五十一

翌日も、朝から暑くなった。

薄物のお召しの葛籠《つづら》を出しておきましてようございました、お江戸は突然暑さがやってまいります、お天道さままでせっかちでございますね、と朝粥《あさがゆ》の給仕をしながらお時が言う。

まさかそんなこともなかろうけれど、花世《はなよ》が笑う。お時が、せっかちと申せば、と思い出したように、

「昨日、組屋敷のお台所で控えておりますとき、ご用人の老人が見えて、殿さまがいよいよお身を固められることになられた、それもあんなにお美しい姫さまで、もういつ死んでもいいと思っていたら、お上《かみ》の仕事筋のお方のようで……と、涙を拭《ぬぐ》ってお

りました、とんだ早合点でございますが、ご用人のお気持ちはよくわかります」

「きっと、ご実家においでのころには、あのご老人が傅役《もりやく》だったのだろう。お育てした若君が、好きなことをしたいと言い張って家を出られたというと、わが身が責められているような気がする」

お時はめずらしく打って返さず、黙ってうつむいている。

「さ、今日もよいお日和《ひより》だから、お客は多いだろう、その前に、勘五郎に会ってくる」

花世は勢いを付けて、立ち上がった。

五十二

勘五郎は、ぼんやりと一人で座っていた。

「かんたはどうしました」

花世が尋ねると、勘五郎は、

「おかよちゃんと、どっかへ遊《あす》びに行くって、いっちまいやした」とつまらなそうに言う。

花世は、声を上げて笑った。

「それはおとなと遊ぶより、おなじ年頃の子どものほうがいいでしょうに」

へい、と勘五郎は照れ臭そうに頭をかく。

「勘五郎さんも、そろそろ、なにかして遊びたいのではありませんか」

え、別にあっしは遊《あす》びたくなんか――と勘五郎は不思議そうに花世を仰ぎ見る。

「もしよかったら、六助といっしょに、台所向きの手伝いをしてもらえますか。腕は、無理にこすったりしなければ、大丈夫です。指もそろそろ動かしていけば、いつかはもとに戻るでしょう。ここまできたらなにかしていたほうが、恢復《かいふく》も早いのですよ」

勘五郎の目が輝いた。

「あっしを、働かせていただけますんで――」

「働くのではありません、治療です。それに奉行所も、あなたのことは不問にするようですから、あなたもこの中《じゅう》のことはみな忘れて、好きなだけ柳庵にいて下さい」

「ありがとうございい……」

号泣する勘五郎をおいて、花世は、客の待つ表の間に入った。

いつものような時が過ぎて、午《うま》の刻をだいぶ回ってから花世は奥に戻った。

小昼《こびる》の膳を運んできたお時が、まあ、勘五郎さんの威勢のいいこと、と笑う。

「薪割をするというので、左手で割られちゃああぶなっかしくて見ていられない、と六助が言いますと、そんなら飯を炊くと言いまして、火を熾《おこ》すのはあっしの右に出るものはいねえはずだって」

お時が勘五郎の物言いを上手に真似る。

「それはその通りだ」

花世もつい笑ってしまった。

「あの通り男前で気《き》っ風《ぷ》がいいので、お菊もお梅も、まあ、お兼どんまでが、勘五郎さん、勘五郎さんと、台所がいっぺんににぎやかになりました」

そんなら今夜のお菜《さい》は、さぞおいしかろうねえ、またかんたが帰らなくなりそうだ、と花世が言う。

けっこうでございますよ、おかよの守《も》りの手が省けて助かります、勘五郎さんにこのままずっと柳庵にいてもらえれば、助蔵どんも六助も、どんなにか楽ができましょうに、と言う。

ひょっとするとそうなるかもしれない、とふと花世は思った。

「本日は、いかがなさいます。昨日は半日外に出ておりましたので、台所向きが少々滞っておりますゆえ、わたくしはお供できませんが」

「どちらへもずっと五郎三郎《ごろさぶろう》まかせだったから、伺うところがあればわたしが行こう。五郎三郎が来たら聞いてみねば」

言っているところへ、五郎三郎が茶を運んできた。本日は、お出かけになるところはございません、と言う。

ひいさま、それなら少し骨休めをなさいませと言って、お時は膳を片付けて下がった。

花世は、思いついて、浜松屋さんに頂戴した小袖を、お時がお預けしたようだ、ご隠居さまのご機嫌伺いを兼ねて、お詫びに参上しよう、供しておくれ、と五郎三郎に言って、お時が運び入れた葛籠を開け、地味な帷子《かたびら》を取り出して着替えた。

そこへ助蔵が、めずらしくあわただしく声を掛けてきた。

「ただいまお玄関先にこれが……」

扇である。はっと胸を衝《つ》かれて、すぐに開く。

訣

一字だけが、したためられていた。

「これを、だれかに見せたかえ」

いえ、見つけましてまっすぐにここへ、と助蔵が答える。

「このことは、お時にも黙っていておくれ」

承知いたしましたと助蔵が下がると、花世は、改めて扇の文字を見つめた。

訣は、別れである。だが、永訣《えいけつ》を意味するときに用いることが多い。

あの屋敷は、いったいなにを考え、なにをなしていたのだろうか。

ばたばたとお時の足音が聞こえてきた。

花世は、とりあえず扇を葛籠の中に隠した。

「浜松屋さんにお出かけとか、わたくしがお供いたしましたほうが……」と言う。

「いや、わたしが知らぬ顔で行くよ、その方がおたがいに気が楽だろう」

まあ、ひいさまも、だいぶんとお人が悪くくおなりですねえ、とお時が大仰に驚く。

「どうせなら、人間ができてきたとお言い。どっちにしたって、おまえが教えてくれたのだからね」

ありがたいお言葉で、とお時がほほほと笑う。

そのままお時におくられて表口を出て、なにごころなく兼房《かねふさ》町の側を見ると、木戸口にちらりと武士の姿が見えた。お時が、おや、あのお方は、と言う。

「今村の十次郎さんの先行きを考えなければならないよ。あの若さでたいそう賢い、もう鉄砲鍛治の修業をしたいとはけっしていわないだろう。お旗本の若君のおそばになりと仕えて、武芸や書のお相手ができるといいね」

花世は、急いで兼房町の住人の今村の話で紛らわせた。

「そうでございました、忘れていることがたくさんにございます、こればっかりは、わたしどもではどうにもなりません、ひいさまにお働きいただかなくては」

お時はすぐに乗ってきた。

「今日にでも吉蔵か助蔵をやって、十次郎さんの気持ちを確かめさせよう。そうだ、まず勘五郎さんに、おかよとかんたを幸兵衛長屋に連れていかせて、今村のおばあちゃんに遊ばせてもらっておくれ」

かしこまりました、とお時が腰をかがめて花世を見送る。

浜松屋の隠居は、小袖を返されたことなど意にも介していないようすで、相変わらず花世を歓待する。

花世も、そんなことは少しも知らぬふうに、お心遣いをいただき、申しわけなく思っておりますと、どうにでも取れるようなあいさつをした。

「そういえば、先だっての小袖は、花世さまのご身分に合うようにとばかり考えましたので、格の高い文様ではございますが、少々お地味でございました、こちらなどのほうが」

さすが世慣れた隠居は、あらかじめ取りおいてあったらしい太物《ふともの》を、手代《てだい》に持ってこさせた。

また困ったことになったと思ったが、助け船を出すお時がいない。

それどころではない、手代が次々に繰り広げる布のあまりの美しさに、つい目が向いてしまうのだ。

これなどは、と手代がさっとひろげて見せた一本に、思わず花世は、まあ、と声を上げてしまった。

薄紅に少し褐色《かっしょく》を加えたような地の薄物に、浅葱《あさぎ》色の濃淡で一幅《ひとはば》に一輪というほどに大きく桔梗《ききょう》の花を染め、蕊《しべ》に金色がさしてある。華やいだ地色にくっきりと浮かぶ浅葱色の取り合わせが、目を奪うあざやかさである。

「さすがお目の高い、実はわたしも、これが一番お似合いと内心思っておりましたのですよ」

すかさず隠居がにこにこ顔で言う。

「いえいえ、わたくしなど、とても身につけることはできませんが、ほんとうにお見事な文様でございますねえ」

花世が正直に嘆息した。

「なにをおっしゃいます、これはこの世にたったひとつの文様でございます。花世さまに召していただくために世に出されたのでございますよ」

さすが江戸一、二の呉服太物屋の主《あるじ》、勧め方も並みではない。

「とんでもございません、貧乏暮らしの町医には、目の毒でございます」

笑って膝をにじった。

「この色目は、褪紅《たいこう》色と申しますそうで、今年は春から桜色の濃い薄いが大店《おおだな》の娘さん方のお気に召しておりましたが、もう桜でもなかろうと染めに注文を出しましたところ、長年この稼業をいたしておりますわたしも、初めてみるようなけっこうな色に揚がって参りました」

では、これを、と手代に言って、

「いま一枚、あちらはいかがでございます」

手代が、主の意をあやまたずに汲んで、藤色の地に、三、四寸の蝶鳥《ちようとり》を交互に白抜きの一筆書きにして何段も横に染めた品を、花世の前に広げた。

「お色は少しお地味でございますが、上着にお羽織りになると、たいそう見場がようございます」

花世は、言葉に窮してしまった。

「こちらはまた、夏のお暑さに負けぬようにと、彫り師が精を出しましたもので」

隠居が自ら膝を動かし、薄縹《うすはなだ》地に柳色で木瓜《もっこう》を形どり、中に焦香《こがれこう》や紅鬱金《べにうこん》、飴《あめ》色などとりどりの花菱を描き込んだ文様を散りばめた品を取り上げた。

「上方《かみがた》では、木瓜は祇園社《ぎおんしゃ》のご紋だからと、夏の流行《はや》り病を防ぐ文様と申しますそうで」

祇園社の祭神須佐之男命《すさのおのみこと》は、疫病を祓《はら》う神様として知られている。縁起がようございましょう、と手代に合図する。

いままでもじもじしながら座の様子を見ていた五郎三郎が、

「あの、花世さま」と呼びかけた。

ほっとして振り向くと、

「差し出がましいことで申しわけございませんが、お帳面をお作りいただきましたらばいかがでしょうか」と言う。

花世は、救われたように、

「そうでした、五郎三郎、手代さんによくお話ししておくれ」と言ってから隠居に向かい、「せっかくのお見立てゆえ、三本とも、頂戴いたします。お帳面をお言いつけ下さいまし」と言って立ち上がった。

そのようなご心配は……と言っている隠居に、五郎三郎をおいて参ります、とほほえみかけて座敷を出た。

表の通りに出ると、汗が噴き出た。暑さもさることながらどうやら冷汗のようである。

日差しの戻った日本橋は、たいそうな人出《ひとで》になっていた。夫婦に成りたてのような若い男女が、橋の一番高いところの欄干に凭《もた》れ、寄り添って江戸の浦のかなたを眺めている。暑さのせいか少し靄《もや》がかかっているが、海の向こうの富士の山を見ているのだろう。

急に、あの内与力《ないよりき》の用人が涙したというお時の話が、胸につまるように思い出された。それといっしょに、長崎での姫暮らしが脳裡によみがえった。太物の波に囲まれたせいだろうか。

その暮らしを捨て、自ら選び取った道である。早く戻ってあの扇を吉蔵に見せ、勘五郎の処遇を考えねばと、花世は幻しを振り切るように足を速めた。

五十三

迎えに出たお時が、お早うございましたね、五郎どんは……と訊《き》く。

ゆっくり話すよ、とすぐに奥に入り、着替えるついでに湯殿で汗を拭《ぬぐ》う。

お時が、葛籠を片付けておりましたら、扇が出て参りました、と少し固い顔で言った。

出はなに玄関先においてあったと助蔵が届けにきた、客の混雑に紛れて置いていったのだろうが、戻ってから吉蔵とも話して、どうするか考えようと、とりあえず入れたのだと答えると、お時は、吉蔵どんを呼んできましょうと立った。

吉蔵が来て、三人で「訣」の文字を見つめる。

「勘五郎さんに親切だったという、あのお武家さまがお持ちになったのでしょうね」

お時が言う。

「それにしても、訣《わか》れというのは……」

「……あのお方は、すべての人を救うことはできない、と言われた」

花世が言った。

「で、では、勘五郎さんを……」

「いや、そうではない。そんなことになれば、あの内与力は、ひいさまと交わした約定を破ることになる」

吉蔵が言う。

「あの屋敷で鉄砲を作っていたことが、大目付さまのお耳に入って……」

「そんなことははじめからわかっていたのがこの一件だ、大目付が動いていたら、とうに事は終わっている」

そうでございましたねえ、とお時が嘆息する。

「御法度を破って鉄砲を作っていることに直接は触れず、お上がなにかを握っていると、当の大名家に気づかせるのが狙いだったのだろう。その思惑《おもわく》が、勘五郎の思いがけない行為のために、うまくいかなくなってしまった」

「そ、それであの幻術師を……」

「火付けも、わたしに言われて表に出せなくなった」

花世の声が、沈んだ。

「そ、それじゃ、あの幻術師は、榎並《えなみ》が雇ったのでは……」

「これ、声が高い、お時どん」

吉蔵がたしなめる。

「で、でも、ひ、火焙《ひあぶ》りになるのでございますよ」

捕まったときの幻術師の、無表情な、諦めたような面持が、いまも目に残っている。

花世は、深く息を吸い込んだ。

「お時、おまえ、わたしが死ねと言ったら、わけは聞かず、すぐに死ぬ、それが主従というものだ、と言ったではないか」

「も、申し……ました」

お時が、頭を垂れた。

「奉行所、いや公儀には、なんとしてもあの屋敷に罪を着せなければならない理由《わけ》があったのだ」

「鉄砲の作製以外に、でございますか」

お時が不審そうに訊く。

「なんでもよかったのかもしれん」

吉蔵が、ぽつんと言った。

「そんなら、お取り潰しにするための……」

「そうかもしれない」

「でもあのお屋敷は、一万三千石の小藩でございましょう、なんでまたこれほどの手間をかけてまで……」

「あの屋敷は一万石そこそこでも、西国の雄《ゆう》といわれた本藩に、分封《ぶんぽう》された一族すべてを合わせれば、楽に六十万石は超える」

吉蔵が言う。

六十万石……。

加賀《かが》さまは別格として、島津さま、伊達さまにも並ぶ禄高になってしまう。もしも大目付がそんな大藩に手をつけるとしたら、天下の騒乱を覚悟しなければならないだろう。

一万石の支藩を取りつぶしても、幕府はなんの得るところもない。公儀の標的は、本藩にあったのか。

「そ、そんな御大身《ごたいしん》の大名が、勘五郎さんの発明した鉄砲を持ったら、お江戸はどうなりましょう」

お時が、怖そうに訊く。

「もしかすると、榎並勘左衛門も、囮《おとり》だったのでは……」

「そうかもしれない。だがどっちにしても、六十万石とおなじく、公儀御用の勘左衛門にはなんのお咎《とが》めもないだろう」

そういうものでございますか――と、お時がぼんやりと言う。

「いつの世でも、地位や身分、職や親兄弟、はては自らの命までも失うのは、下の方が先だ。泰平の世となっても、それだけは変わらない」

鉄砲隊のような連中というのは、どんな世の中でも必要なのさ、と吉蔵が言う。

先陣の最前列に、横いっぱいに並ぶ鉄砲隊は、攻撃最前線であると同時に、敵の鉄砲の弾除けなのだ。

「奉行所は、鉄砲製作に代わる口実を思いついたのだろうかねえ」

花世が、だれに訊ねるともなく言った。

「もう、どんな理由でもかまわないのではないでやしょうか」

吉蔵が答えた。

そうかもしれない、と花世は、沈んだ声で言った。

「これで、柳庵《りゅうあん》は、囮にされることも人質を取られる心配もなくなった。ことは、完全にわたしの手の及ばないところへ行ったのだから」

「ひいさまのお手の届かないところで、天下には常になにかの理不尽が起こっているのでやす」

吉蔵が言う。

「おや、世の中は情だけでは渡れないと言わないのかえ」

花世がかすかに笑った。

お時が、ほっとしたように頰を緩めた。

「そうだ、十次郎さんと勘五郎の身の振り方を考えねば。まだわたしにも、できることがあるようだ」

そこへ、五郎三郎が来た。

「浜松屋さんが、お帳面を作ると言っておりました」

お時がひどくびっくりしたので、こうこうと、花世が解いてやった。

「けれど、たいそう美しいお品だったよ。おまえが見たら、どんなに騒ぐだろうと思って拝見していた」

「楽しみでございますねえ、ひいさまも、やっとお年ごろの姫におなりで」
七、八年は遅うございますが、ま、よろしゅうございましょう、ともっともらしい顔で言う。
「お召し物にお目がゆくというのは、殿方にお心が向かう前ぶれでございます、柳庵には、ひいさまがお心を動かされるようなお客はひとりも参りません、困ったものだと思っておりました」

なにを寝言のようなことを言っている、五郎三郎もいるではないか、と花世がたしなめるが、お時は例の通り、たじろぐことではない。

「そういえばさきほど、あの内与力がまた幸町の方へ歩いておりましたね」

そうだったかね、と花世がとぼけると、

「お時の目はごまかせませんと申し上げました」

仕方なく、そういえばこの間も言われた、と答える。

「あのお方は、ご容子《ようす》もよし、おつむりもよさそうで、武芸にもすぐれておいでです、その限りでは、ひいさまのお相手にはふさわしいお方ではございますが、なんといっても、御身分が違いすぎます。いくら実のお父上がひいさまとおなじ長崎奉行でいらっしゃったといっても、ただいまの御身分が陪臣《またもの》の、しかも一代抱えの内与力では、おはなしになりません」

例のように、とんでもない妄想を口走る。

思いがけなく、吉蔵が口をはさんだ。

「あのお方は、出雲守《いずものかみ》さまが町奉行を退かれたとき、ご家来との御養子縁組を解かれるだろうよ」

そ、そんなことが……、とお時があわてる。

「おつむりが良すぎるのは、考えものだ。才におぼれ、自滅することだってあるからな」

花世が、お時に向き直った。

「おまえがわたしの先行きを案じてくれるのは、ほんとうにありがたいよ。だけれどあのお方は、柳庵を盾にして、勘五郎を囮にした。それだけでは足りず、六助を質にとって、このわたしに命を賭けさせたではないか。あのお方のお父上は、二年ほど長崎奉行を勤められたが、長崎と御政道に十五年を捧げられた父上とは、まるで違う生き方をなさったのだからね」

お時は、じっと頭を垂れて花世のことばに聞き入っていたが、畳に手をついた。

「申しわけございません。つい……」

「いいんだよ、たまにはわたしに勝たせておくれ」

花世は笑って、

「さて、勘五郎の身の振り方だ」と二人を見返った。

「完全に右腕が使えるようになるまで、柳庵で手伝ってもらおう。その先は本人の気持ちを聞き上げて、鍛冶職人が続けたいのなら、ほんとうに堺なり近江《おうみ》なり、江戸の外に出るもよし、手先が器用で思いやりがあるから、柳庵で外科の仕事を学ぶのもいいかもしれない」

「柳庵にいてくれれば、お菊もお梅も、いっそう気をいれて働きますよ」

お時がにっこりしてうなずく。

「十次郎さんには、吉蔵、おまえゆっくりと気持ちを聞いておくれ。案外、妻木さまの若さまのお相手などに重宝がられるかもしれないよ」

それは名案で、と即座に吉蔵が膝を打った。

「なんにしても、本人次第だ、でも、これでようやく片付いた」

あの扇は――とお時が訊く。

「わたしが預かる。時が来たら、勘五郎に渡そう」

そこへ、片岡さまからお文《ふみ》で――と助蔵が届けにきた。

門之助《もんのすけ》どのから……と、花世が手早く拡げる。

「昨夜は、ほんとうに浜口さまと飲み明かされたそうだ。

すべてをお明かしくだされ候ゆえ、心落ち着き申し候、参上の上、御詫び事など申し

上げたく存じ候、いま少時ご猶予《ゆうよ》を賜りたく候、

とある」

花世が読み上げると、吉蔵もお時も、ほっとした面持になった。

お時が、お夜食の支度にかからねばなりません、昨夜がお粗末でしたからと立ち上がって、そうは申しても、今夜もかんたが居りますから、玉子尽くしでございますよ、と笑う。

今夜こそ、柳庵にも、ほんとうに穏やかな夜が訪れるようだ。

五十四

七夕《たなばた》がすぎて、ようやく江戸に涼風がたった。

今年の夏はお暑うございましたが、性《しよう》のよい暑さでございましたね、とお菊を指図して花世の居間の簾《すだれ》をはずしながらお時が言う。夕方には必ず雷が鳴って、ざっと一雨あってしのぎよくなったからだというのだ。

今日は思いがけなく四つ過ぎに客の応対を終えたので、女たちが座敷のしつらいを

変えている最中に、居間に戻ってしまった。

女たちの仕事をぼんやりと眺めて、脳裡をとりとめのない想念がよぎるにまかせる。

水無月《みなづき》の祓えの前になって、やっと門之助が柳庵を訪れた。

もうなにもおっしゃらないで下さいましと花世は、お時に冷たい麦茶を運ばせ、二人はただだまって飲み干した。

浜松屋から三枚の小袖が届いたのは、その翌日だった。衣桁《いこう》にかけたお時が、なんとまあ、お見事な、と涙を流していつまでも眺めていたが、結句、花世は、どれにも一度も袖を通すことがなく、夏は逝った。

七月に入って、幻術師が江戸十里お構いの刑と決まり、どこへともなく出ていったと、助蔵が花世に伝えた。

軽い刑ですんだのだと胸をなでおろしたが、まだ重く心にわだかまっていることがある。

すべての人の命は救えない、と浜口源二郎は言ったのだ。

——わたしにも、あのお方にも、救えない。

思いを振り切るように、花世は読みさしの蘭語の書物を開いた。

吉蔵が、あわただしく入ってきた。その様子を見て、これを持ってお下がりと、お時が菊に言う。

はずした簾を抱えて菊が下がると、吉蔵が、

「六助が、表方の掃除をしていたら、取次の間にこれが置かれていたと……」

畳まれたままの扇を差し出した。

「また、扇――」

手にしてみると、以前のものより少し大振りである。

開くと、右肩に柳の枝が、左下には露芝《つゆしば》の図柄が闊達《かったつ》な筆使いで描かれ、柳の枝の上方に、雲のような薄墨が掃かれている。

真ん中に、見事な手跡で、

西方雲雨　柳影霧消

とあった。

花世は、黙って扇面を吉蔵に示した。

吉蔵は、しばらく扇面に見入っていたが、

「最初は白、二度目は一字、三度目は対句ときましたか……」

「――西方の雲雨、柳影に霧消す……」

花世は、口の中でつぶやいた。

「……唐の詩にでもございますか」

「ない」

即座に花世が答えた。

「こともなく、おさまった、ということだろう」

なるほど、と吉蔵が合点したが、

「ですがこの書体は、先だっての『訣』とは、まるで違いますな」と言う。

花世は、黙ってうなずいた。

それだけで、また書見台に向かった。

吉蔵は、一礼して下がって行った。
四、五日経って、秋雨が静かに下りてくる午下《ひる》がり、吉蔵が顔を出した。
「播磨《はりま》新宮《しんぐう》藩一万三千石、領国不取締りにつき、お取りつぶしになった由で」

お時が、畳んでいた花世の小袖を手もとから滑らせた。

「あの、勘五郎さんが閉じ込められていたお屋敷の……」

「藩主嘉照《よしてる》さまはご本家因州にお預け、江戸屋敷御用人さまは、江戸と国許との不和の責めを負ってご切腹」

「ご切腹……」

花世がつぶやいた。

「お国許のご用人は――」

「藩主に従ってご本家に入られたとか」

ご重役の何人かは、追放になったということですが、と付け加える。

ただ一人、なにも語る事なく、死んでいった……。

花世は、立って葛籠から扇を取り出し、そっと床《とこ》において、手を合わせた。

お時も、花世にならう。

「訣、でしたな」

吉蔵が言った。

お時が、勘五郎さんには……と訊く。

「そっとしておこう。なにもかも、なかったことなのだ」

言いながら花世は、真実、すべてが悪夢だったと思った。

「もしかすると、ほんとうに藩内が乱れていたのかもしれない」

「藩主嘉照さまは男子に恵まれず、お跡目をめぐって、奥方のおいでの江戸屋敷と国許で、争いがたえなかったそうで。国許で何人もの女に手をつけたが、またも女の子が産まれたというので、赤子の我が娘を切り殺したとやら、狂気の沙汰だという噂が流れていたとか」

吉蔵が眉をしかめて言う。

因州池田藩は、幕府に負い目を負った。もはや、なにを企むこともあるまい。

では、あの鉄砲の騒ぎは……と、お時が、うなずけぬ顔になる。

「勘五郎が新宮藩江戸屋敷で、強力な鉄砲を作らされていたのはたしかなことだ。たかだか一万石そこそこの小藩が、そんな大それたことを始めたのは――」

花世は、よくないこととわかっていても、主命であれば聞かねばならぬとかの侍が言っていたという、勘五郎の言葉を思い出していた。

「榎並勘左衛門は、どうしているだろう」

別にどうということもなく、相変わらずお大名や日本橋の豪商たちを集めて、突飛《とっぴ》な遊びを披露して悦に入っているそうだと、吉蔵は言う。

「ではあの幻術師は、やっぱり榎並勘左衛門が物好き心で雇い入れたのでしょうか」

「それはたしかなことだ」

だれかが、榎並の物好きを利用して、術師を近づけたとしても。

「対句が書かれていた扇の文様は、柳と露芝だった……」

お時が、はい、と答えて不審そうに花世の顔を仰ぐ。

「あの二句は、西方に兆していた雨雲が、柳の影に霧のように消え去った、という意味だ。だが、露芝は、凶事を意味する文様だ」

そうでございましたか……と、お時が嘆息する。

「おまえの気に入りの『毛吹草《けぶきぐさ》』を繰ってごらん。書いてあるかもしれないよ」

花世は、気をかえるようにほほえんだ。

早速に、とお時も頬を緩めた。

そういえば、あののちも、折々兼房町の木戸あたりに浜口に似た姿を見かけている。

だが、お時は、なにも言わない。

「出雲守さまが、お役を退かれるのだろうか」

どうでやしょう、と吉蔵が言う。

たった一夏の間に、さまざまなことが起こり、そして終わった。

勘五郎の右手の指は、動かさなかった間が長かったので、細かなことはまだできないが、大きなものなら握れるようになっている。

かんたは、毎日のように柳庵にやってきて、勘五郎に肩車をしてもらって大威張りし、おかよとともに幸兵衛長屋に行って、よそ者のくせに餓鬼《がき》大将を張っているそうだ。

なによりも今村の十次郎が妻木の若殿に仕えることになったのが、花世を喜ばせた。傅役の横山甚左衛門にそれとなく言ってみたところ、花世さまのお見込みならと、一も二もなく話がきまり、すぐから登城下城《とじょうげじょう》の供に加えられ、長崎の話を聞きに柳庵を訪れる折の供までしている。花世の見た通り、剣の筋もよく、書は若いのになかなかのものだとのことで、若殿が負けん気を出されたのは、けっこうなことでございます、と甚左衛門がにんまりとしていた。

「勘五郎だが、いつまでもここにおいて、柳庵が重宝して終わってしまっては、なんとももったいない」

鍛冶職は忘れられないだろうねえ、と花世が言うと、本人は毎日楽しそうに台所で働いていて、鍛冶のかの字も口に出しません、とお時が答える。

ま、もう少し、柳庵で役に立ってもらおう、そのうち、里心が付くかもしれない、と花世が言って、二人は下がっていった。

みな、もとに戻る。だが、失われた命は還《かえ》らない。

花世は、立ち上がって縁に出た。

庭先の梅の木は、重なりあって葉が茂っている。あの葉のかげで、花の蕾《つぼみ》が育っているのだろう。花が散り、実り、摘まれ、そしてまた花が咲く。

木々はみな、もとに戻り、次の命をはぐくむ――。

廊下にばたばたと足音がした。

「なんだえ、また屋敷内を走って。かんただってそんな足音はたてないだろうに」

お時が襖《ふすま》を開けるなり、状を差し出す。

「田能村さまからのお文でございますよ、ひいさま」

受け取って、封を切るのももどかしいように読み下す花世の顔が、ぱっと輝いた。

「お時、お師匠さまが、あすにも江戸に入られるよ」

まあ、さようでございますか、それならいまからすぐにお支度を、とお時が立ち上がる。

「柳庵にも、また新しい日々が始まるねえ」

花世は、急に秋の色を深めた江戸の空を見上げた。

了

黒川与兵衛正直（丹波守）

略歴

慶安三年（一六五〇）〜寛文四年（一六六四）長崎奉行。江戸在勤中に病を得て職を免じられる。前職は目付（五百石）。寛文五年大目付（千俵加料）。同十年致仕。養老料として三百俵下賜。延宝八年（一六八〇）五月二日没。享年七十九歳（『寛政重修諸家譜』他）

事績

大村藩郡村が一村こぞって切支丹であるとの情報を得て藩主純長に通告、純長がこれを摘発して壊滅させた世にいう郡崩れによって、西国の切支丹弾圧の口火を切り、島原の乱の二の舞の危機を未然に防いだとして評価されていた。

大目付井上筑後守の命を受け、阿蘭陀商館付きの外科医から、治療法、薬草名等を聞きあげ、筑後守に送付。さまざまの外国の産物や生物を取り寄せて江戸に送り、幕閣の異国文化の開眼に寄与。各地から蘭方を学びに長崎を訪れる日本人医師に、商館医から免許状を出させ、蘭方外科の普及に貢献した。

明僧隠元の来朝を享け、長崎における黄檗宗寺院建立に尽力、宇治の万福寺に鐘を寄進。諏訪神社を移転した跡地に天満宮を建立し、また東照宮をも勧請するなど、宗教政策に心を配った。(長崎年表、九州大学教授W・ミヒェル氏諸論文他)

解説

井家上 隆幸

時代小説作家「小笠原京」との出会いは、いまから十五年前、デビュー作『瑠璃菊の女』で、だった。

藤村新三郎は、千三百石御使番藤村新左衛門の三男坊。文武にすぐれ眉目秀麗とあって、養子の口は降るほどあったが、武士は嫌いとみな断って家をとびだし気ままな町屋暮らし、浮世絵師菱川師宣の秘蔵っ子という絵筆の腕でゆったりと生計《たつき》を立てながら、持って生まれた好奇心と義侠心で、地本屋の三番番頭六兵衛や小僧の四郎吉が持ち込む難事件の謎を解く。外出《そとで》ともなれば毎度の伊達衣装、けっこう美食家で、しかも謎解きは快刀乱麻、危機となれば絵筆を手裏剣とする剣の腕——。

芸能史が専門の大学教授が、少女のころ耽読した『銭形平次捕物控』の面白さを我もまたと、時代小説に手をそめたというあとがきの洒脱さに、共通の読書体験を持つ二歳違いの〝時代小説フリーク〟は、思わずにんまりし、けっして派手ではないがその文章の端正なこまやかさに心ひそかに喝采したものだ。

それにしても小笠原京、筆力旺盛というかこれでもかこれでもかと連打多作の作家連にくらべればあまりに寡作ではないか、ま、本籍「学究」である、いたしかたないかと思っていたところに、『十字の神逢太刀《かまいたち》』で発進した新シリーズ、「蘭方姫医者書き留め帳」である。

時代は「旗本絵師シリーズ」の元禄を遡ること二十年余、四代将軍家綱の治世。十一歳で父家光から将軍職を継いだ直後に由比正雪や丸橋忠弥ら浪人の討幕未遂事件が起こるなど政情不安となったが、叔父の保科正之や大老酒井忠勝、老中松平信綱、阿部忠秋、酒井忠清らの補佐で危難を乗り越え、幕府の機構を整備し、武断政治から文治政治へと切り替えていき、治世後半の寛文・延宝期（一六六一―一六八〇）は大老となった酒井忠清の主導のもと、将軍の上意で運営された幕政は総じて安定していたと歴史書にある。

いうまでもなく家光期以来の鎖国政策は堅持され、海外に開かれたのはオランダ公館のある長崎出島のみで、そこは幕府の天領、幕府が派遣した長崎奉行の支配下にあった。奉行に任命されるのは千石から二千石の上級旗本二人で、江戸在勤と長崎駐在を一年交代で勤めた。

天領長崎の行政・司法、長崎会所（長崎町人、貿易商人の自治組織）の監督、諸国

との外交折衝、通商収益の幕府への上納、九州諸藩の動静探索、切支丹の禁圧、長崎港警備の統括など、絶大な権限を持つ長崎奉行となった旗本は、公式な役高に加えて役料四千四百石を受けたが、さらにお調べ物という名目で関税免除で購入した輸入品を京・大坂で数倍の価格で転売した利益、町人や貿易商人からの献金（八朔銀と呼ばれ年七十二貫余）、清国人やオランダ人からの贈り物、諸藩からの付届けなど、「一度長崎奉行をやれば子々孫々まで安泰な暮らしができる」といわれるほどの余得があった。

「蘭方姫医者書き留め帳」シリーズの主役・黒川花世は、前長崎奉行黒川与兵衛正直が、長崎の遊里丸山の花垣太夫との間に儲けた娘で、これは虚構とばかり思っていたら、なんと黒川正直は慶安三年（一六五〇）から寛文四年（一六六四）まで長崎奉行、そのあと大目付を務めた実在の人物であり、前作『十字の神逢太刀』の物語の背景となっている、明暦三年（一六五七）の大村藩の切支丹大弾圧、六百八人を斬首あるいは永牢とした世にいう「郡崩《こおり》れ」、切支丹の徹底的抹殺の始まりとなった歴史的事件は、長崎奉行黒川与兵衛が大村藩主に命じた切支丹摘発が端緒であったとは、『神逢太刀』で花世も語っているところである。

その花世、父が長崎奉行を免ぜられたあと母代わりのお時と長崎に残って田能村城右衛門に中条流小太刀を学び、三年にわたって出島の阿蘭陀商館付きの外科医ダニエル・ブシュに蘭方外科を学んでいたが、病床に伏した父に呼ばれて江戸に出て、名医中山三柳について内科を学び、父与兵衛が没したのを機に、屋敷を出て、三柳の許しを得て柳庵と称し、蘭方外科医を開いた。（ただし、実在の黒川与兵衛の没年は家綱と同じ延宝八年（一六八〇）で、だからこれは「ここからは虚構よ」という作者のサインなのでしょうね）。ついでのことに詮索すれば外腹ながら「姫《ひい》さま」と呼ばれる花世は、寛文年間の中頃、二十歳を過ぎたばかりだろうか。男装の若衆姿も匂い立って、気分も肉体もきりりと若く魅力にあふれ、しかしまだ恋は未経験らしい女性。

さて、往診に診療に多忙をきわめる柳庵に、右手に大火傷を負い、口の利けない男が担ぎこまれ、北町奉行は当分柳庵に留めおけと指示したばかりか、下働きの六助を人質にとり、手の者が柳庵を遠巻きにしている。花世の周辺には〝妖かしの術〟で人を操る男が出没する。鉄砲職人らしい男は、なぜ大火傷を負ったのか？

男をめぐって幕府の危機を招きかねない暗闘があるようだが、すべては濃い霧につつまれ模糊としている。しかし、花世はあえてその霧の中につき進んでゆく。花世を助けるのは、かつて長崎で死罪になるところを与兵衛に助けられてからというもの、花世に仕える元盗賊団の頭《かしら》・吉蔵、育ての母的お時、長崎で与兵衛の元で与力を務め、いまは北町奉行所与力の片岡門之助。

人の世は情ばかりでは生きられぬといましめる吉蔵の言葉をかみしめながら、それでも情の世界に生きようとする花世——。

ロウリイニ（つつぃの実）、ナアカラ（丁子）、カモメリ（野菊）、メンテ（薄荷）、カネイラ（肉桂）といった蘭方の貼り薬の説明や、わさび酢をかけまわした鳥のささみ、山芋を擦り下ろして豆腐と混ぜ合わせ、玉子の白身を加えて杉箱で蒸し、鳥味噌をかけた伊勢豆腐といったお時流の手料理など、日常の点景のなかに、柳庵主従の固い絆をうかがわせて、小笠原京は、難事件を快刀乱麻、これにて一件落着と大向こうをうならせる派手やかさでは味わえない人の世の〝情〟と〝理〟をしっとりとかみしめさせてくれるのである。

（いけがみ　たかゆき／文芸評論家）

蘭方姫医者書き留め帳〈一〉

十字の神逢太刀《かまいたち》

書き下ろし新シリーズ第一弾！

——小笠原京

ISBN978-4-09-408383-5

開府以来六十余年の江戸――。

首筋を十字に切られて男が相次いで殺された。花世は、蘭方医学を学び、柳庵と呼ばれる治療所を開いていたが、今度は花世の下で働く男が襲われ傷を負う。一連の犯行には、亡父の長崎奉行時代の行いが関わっているようだった。

市中を不安に陥れようとする犯人と、花世は、亡父への想いを秘めながら事件に立ち向かう！

蘭方医学や料理の蘊蓄も楽しめる新シリーズ時代小説！

本書のプロフィール

本書は、小学館文庫のために書き下ろされた作品です。

小学館文庫

蘭方姫医者書き留め帳《らんぽうひめいしゃかきとめちょう》二

策謀《さくぼう》の重奏《じゅうそう》

著者　小笠原京《おがさわらきょう》

二〇一〇年三月十日　初版第一刷発行

発行人――飯沼年昭

発行所――株式会社　小学館

〒一〇一-八〇〇一

東京都千代田区一ツ橋二-三-一

電話　編集〇三-三二三〇-五八一〇

販売〇三-五二八一-三五五五

印刷所――凸版印刷株式会社

この文庫の詳しい内容はインターネットで24時間ご覧になれます。

小学館公式ホームページ　http://www.shogakukan.co.jp

ISBN978-4-09-408481-8